JOSEPH
VENDU PAR SES FRÈRES

(Drame en 5 Actes)

A mon ami et collaborateur M. l'abbé Auzet,
Doyen honoraire, Curé de Collobrières (Var).

G. RENARD,

Licencié en Théologie,

Licencié ès-Lettres.

NIHIL OBSTAT

Pictavii, die decima Januarii 1920.

A. CHAPERON.

IMPRIMATUR :

F. ANDRAULT, *vic. gen.*

JOSEPH
vendu par ses Frères
Figure du Messie

Drame Biblique

EN CINQ ACTES, EN VERS

Paroles de M. l'Abbé C. RENARD

Vicaire de Charroux (Vienne)

Musique de M. l'Abbé V. AUZET

DOYEN HONORAIRE

curé de Collobrières (Var)

Imprimerie A. Moreau et Cie
JAVARZAY-CHEF-BOUTONNE (Deux-Sèvres)
1920

PRÉFACE

Dieu gouverne le monde des esprits aussi bien
que celui des corps. Il a le droit de se manifester aux
hommes de telle manière qu'il lui plaît, même par
des songes. Ce mode de communication semble con-
venir essentiellement à Dieu, qui est esprit. Et, de
fait, il est parlé dans la Sainte Écriture de plusieurs
songes prophétiques qui venaient certainement de
de Dieu. Ceux de Jacob, de Laban, de Joseph, de
Pharaon, de Salomon, de Nabuchodonosor, de Daniel,
de Juda-Machabée, de saint Joseph, époux de la
Sainte-Vierge, étaient de véritables inspirations par
lesquelles Dieu faisait connaître ses volontés à ces
divers personnages, en les instruisant d'événements
futurs que lui seul pouvait prévoir. L'exactitude avec
laquelle les événements ont répondu à ces songes
ne permet pas d'en douter.

Cette certitude une fois établie, la transition du
songe à la prophétie est toute naturelle. Il suffit
que Dieu commande au voyant de parler aux hommes pour que celui-ci devienne prophète. L'état
de sommeil n'est pas nécessaire. Que Dieu prenne
une forme sensible pour se manifester, comme il
le fit pour Abraham et pour Moïse, ou qu'il élève
ses privilégiés à l'état d'extase, il ne manque pas
de moyens pour faire connaître l'avenir et ses souve-
raines volontés.

On peut être prophète malgré soi, et alors l'action
divine n'en est que plus manifeste. Balaam bénit

Israël jusqu'à trois fois, contre l'ordre de Balac, roi des Moabites, qui lui ordonnait de le maudire. Caïphe prophétisa au sujet de Jésus-Christ qu'il était bon qu'un homme mourût pour tout le peuple, cette inspiration étant due à la fonction de pontife qu'il exerçait cette année-là.

D'une manière générale, on peut dire que l'Ancien Testament est rempli de l'idée qu'un Prophète plus grand que tous les autres doit venir. Ce prophète n'était autre que le Messie. Après le premier miracle de la multiplication des pains, les disciples disaient de Jésus-Christ : « Celui-ci est vraiment le Prophète qui doit venir dans le monde. »

Dieu est le grand peintre qui trace d'avance le portrait de son Fils, afin que les hommes puissent le reconnaître quand il viendra dans le monde. Les prophètes sont les pinceaux dont il se sert. Ces saints personnages annoncent le Rédempteur non seulement par leurs paroles, mais encore, d'une certaine manière, par l'ensemble de leur vie. Abraham, levant le bras pour immoler Isaac, est l'image du Père éternel qui ne craindra pas de sacrifier son Fils ; il prophétise, par ce geste obéissant, ce qui doit réellement arriver sur le calvaire.

Isaac, portant sur ses épaules le bois du sacrifice, prophétise de même que Jésus-Christ portera la Croix sur laquelle il devra mourir.

Joseph, vendu par ses frères, est une image de Jésus-Christ vendu par les Juifs. Mais toute figure est imparfaite, un simple acheminement à la vérité. Ne nous en étonnons pas, cette imperfection est voulue de Dieu. Si Jacob eût prévu qu'en envoyant Joseph vers ses frères pour voir si tout allait bien pour eux, ceux-ci le vendraient à des marchands ismaélites, il eut gardé auprès de lui ce fils bien-aimé, tandis que le Père céleste envoyant son Fils parmi les hommes sait fort bien que ceux-ci le feront mourir, puisque c'est pour cela qu'il l'envoie. La robe de Joseph est teinte dans le sang d'un chevreau, celle de Jésus-Christ le sera dans son propre sang.

Le nom de Joseph, en hébreu, est formé de trois lettres, *aleph*, *bet*, *res*, dont la première signifie Père, la seconde Fils, et la troisième Saint-Esprit. Ces trois lettres en un seul mot figurent trois Personnes dans une seule essence divine. Mais ce qui est surtout remarquable, c'est que l'hébreu ajoute à la lettre du milieu qui désigne le Fils la lettre *Iod*, qui est celle du nom de Jésus, parce que seul le Fils s'est revêtu de notre humanité, et a reçu le nom de Jésus, qui signifie Sauveur.

Joseph sauve ses frères en leur procurant du blé; Jésus-Christ donnera à la terre le froment du ciel, la sainte Eucharistie. Lorsque nous entendons Joseph, élevé sur les degrés du trône de Pharaon, dire à ses frères: Je suis Joseph! ne nous semble-t-il pas entendre déjà Jésus élevé sur la croix nous adoptant pour ses frères, quand il dit à Marie, sa Mère, en lui montrant saint Jean, qui représentait l'humanité: Femme, voilà votre fils! Joseph presse dans ses bras ses frères et les couvre de ses pleurs; Jésus appelle à lui l'humanité, qu'il couvre de son sang.

Voilà la vraie grandeur de Joseph : il a été une figure du Christ. La Providence, qui fait tout servir à ses fins, est le personnage principal, quoique invisible, dans l'histoire de Joseph. Outre que nous y voyons la vertu récompensée, le pardon accordé au repentir, notre pensée va plus loin : La Providence amène Joseph en Egypte, et après lui son vieux père, Jacob, pour faire prédire à ce saint patriarche la venue du Messie, qui doit naître de la race d'Abraham, d'Isaac et de Jacob, de la tribu de Juda et de la famille de David, qui doit fuir en Egypte comme Joseph ; qui sera, lui aussi, vendu par ses frères, les Juifs.

Le grand fait qui domine l'histoire de l'humanité, l'avènement de Jésus-Christ, est ainsi mis en relief. Avant lui, tout y conduit, après lui, tout en découle. Jésus-Christ est le grand arbre dont l'Ancien Testament contient les racines, et le Nouveau, le tronc et les rameaux, qui s'étendent par tout l'univers. Il est semé en quelque sorte dans l'Eden par la parole de Dieu, qui promet un Rédempteur. Et, après avoir parlé par lui-même, Dieu laisse la parole à ses prophètes, jusqu'à ce qu'il nous parle par son Fils.

David eut la vision nette de la divinité du Rédempteur : « Le Seigneur a dit à mon Seigneur : asseyez-vous à ma droite, jusqu'à ce que je réduise vos ennemis à vous servir de marchepied... Je vous ai engendré de mon sein avant l'aurore... Le Seigneur m'a dit : tu es mon Fils, aujourd'hui, je t'ai engendré. Demande et je te donnerai les nations en héritage. »

Isaïe, le grand voyant, le chantre précurseur du

Messie, de ses miracles, de ses souffrances et de sa gloire, est encore plus explicite : « Voilà qu'une Vierge concevra et enfantera un Fils, qui sera appelé Emmanuel, c'est-à-dire Dieu avec nous. C'est par sa meurtrissure que nous sommes guéris. Il a été maltraité et opprimé, mais il n'a pas ouvert la bouche, pareil à l'agneau qu'on mène à la boucherie. »

Daniel, placé par Nabuchodonosor dans l'école du palais royal, pendant la captivité prédite par Jérémie, garda une fidélité inviolable au vrai Dieu. La plus importante de ses prophéties est celle qui se rapporte à la date de la mort du Messie et à la réprobation définitive d'Israël. C'était peu de temps avant l'avènement de Cyrus, roi de Perse, lequel donna l'ordre de rebâtir le temple de Jérusalem. On approchait de la soixante-dixième année de la captivité.

Vers l'heure du sacrifice du soir, l'ange Gabriel, apparaissant au prophète : « Daniel, lui dit-il, je suis venu vers toi pour t'instruire, afin que tu comprennes, parce que tu es un homme de désirs. Écoute mes paroles et comprends cette vision. Soixante-dix semaines ont été décrétées au sujet de ton peuple et de ta cité sainte pour que la prévarication soit consommée, que le péché prenne fin, que l'iniquité soit effacée pour faire place à la justice éternelle, que la prophétie soit accomplie et que le Saint des saints reçoive l'onction. A partir du décret porté pour rebâtir Jérusalem, jusqu'au Roi-Messie, il y aura sept semaines et soixante-deux semaines et au milieu de la soixante-dixième semaine, l'hostie et le sacrifice cesseront dans le temple. L'abomination de la désolation y régnera, jusqu'à ce que vienne un chef qui détruira de fond en comble la ville et le temple. »

Ces soixante-dix semaines donnent 490 ans, qu'il faut compter à partir de l'ordre donné pour reconstruire Jérusalem. Cet ordre fut donné la 20e année du règne d'Artaxercès-Longuemain, successeur de Cyrus. Or, d'après les historiens profanes, Thucydide, Cornélius Népos et Plutarque, ce règne doit être fixé à la dernière année de la 75e olympiade, la première ayant commencé 776 ans avant l'ère chrétienne. L'olympiade était une période de 4 ans. C'est donc 75 fois 4, plus 20, ou 320, qu'il faut retrancher de 776, pour avoir la date de cet édit. Cette soustraction donne 456 ans avant Jésus-Christ. Les 490 moins 456 donnent 34, chiffre qui représente exactement l'année de la mort de Jésus-Christ, qui arriva le 15 avril de l'an 34, le vendredi correspondant à la pâque juive, le 14e jour de Nisan.

Jésus-Christ avait alors 33 ans, plus le nombre de jours compris entre le 25 décembre et le 15 avril, soit 112 jours. Comme on le voit, l'histoire profane s'accorde avec l'histoire sacrée, non pour lui donner plus de force, mais pour être le témoin de sa véracité.

L'arrivée des rois mages à Bethléem marqua l'accomplissement de trois prophéties, celle de Balaam annonçant qu'une étoile s'élèverait de Jacob; celle de David annonçant que les rois de Tharse, d'Arabie et de Saba viendraient adorer l'Enfant-Dieu et lui offrir des présents; celle enfin de Michée, que le Sanhédrin, réuni par Hérode, invoqué pour déclarer que le Messie devait naître à Bethléem.

Le prophète Malachie annonce le précurseur du Messie : J'enverrai devant moi un messager, et je préparerai le chemin devant moi, et soudain entrera dans son temple le Seigneur que vous cherchez, et l'ange de l'alliance que vous désirez. » Et ce Précurseur, n'ayant pas encore vu le Messie, dit de lui : « Un plus puissant que moi vient après moi, et je ne suis pas digne de délier les cordons de sa chaussure. » Et le voyant pour la première fois, il dit : « Voici l'agneau de Dieu, voici Celui qui efface les péchés du monde. » N'était-ce pas déclarer ouvertement sa divinité ?

Pour quiconque est de bonne foi, les prophéties messianiques se sont accomplies en Jésus-Christ, mais comment les prophètes se sont-ils accordés, vivant à des époques différentes et ne pouvant par conséquent se concerter pour écrire l'histoire de Celui que la terre n'avait pas encore enfanté, et comment Jésus-Christ a-t-il pu réunir dans sa personne toutes les conditions que ceux-ci réclamaient pour le Messie ? C'est évidemment l'œuvre d'une puissance infinie. Dieu seul pouvait réunir en un seul faisceau des éléments si divers ; Dieu seul pouvait faire jaillir de prophéties obscures la lumière qui devait éclairer le monde. Donc Jésus-Christ est le Fils de Dieu incarné, le Sauveur promis au monde. Comme en prenant notre nature, il s'est fait notre frère, il est devenu notre espérance. Qu'on le veuille ou non, Jésus-Christ est le pivot du monde. Il commande aux princes et aux nations, comme il commande aux vents et à la mer. L'empereur Auguste ignorait la prophétie de Michée, disant que le Messie devait naître à Bethléem, quand il ordonna le dénombrement de son vaste empire. Il ignorait que là-bas, dans la Galilée, vivait un homme fiancé à une Vierge, de la tribu de Juda et de la famille royale de David comme lui ; que tous les deux, pour obéir à son décret, devaient se rendre à Bethléem, où allait s'accomplir le grand mystère de la naissance temporelle du Fils de Dieu.

Quant à nous, soumettons-nous à son empire spirituel. Que ses leçons éclairent notre intelligence, que son cœur attire le nôtre, car seul il est la voie, la vérité et la vie.

Nous voudrions que ce petit livre devînt classique, qu'il fût admis, comme livre de lecture, dans toutes les écoles. La lecture des vers, à haute voix, est un excellent exercice qui forme le goût. Quant à la préface, elle est une sorte d'introduction à la connaissance de Jésus-Christ, dont la vie doit être placée au centre de l'histoire du monde. Elle est à la portée de toutes les intelligences et devra être lue également par la jeunesse, car aucun enseignement religieux ne peut se concevoir sans la connaissance des prophéties. Nous avons pris pour guides, dans cette étude, les meilleurs théologiens, faisant ressortir le côté surnaturel des songes qui jouent un si grand rôle dans l'histoire de Joseph.

Par là, les esprits seront plus disposés à admettre
les faits merveilleux dont cette histoire est remplie,
et qui sont assez intéressants par eux-mêmes pour
qu'on n'ait pas besoin de les défigurer par l'ima-
gination. On nous rendra, en effet, cette justice que
nous avons respecté d'un bout à l'autre le récit bi-
blique, renvoyant le lecteur aux chapitres correspon-
dants de la Genèse.

Les auteurs ne sont plus liés, comme autrefois, par
la règle des trois unités, de lieu, de temps et d'action.
Le drame que nous offrons à la jeunesse embrasse
une période de plus de vingt années de la vie du
héros. Cependant, tout s'y enchaîne tellement, tout
est si bien conduit par la Providence, que l'on peut
conclure à l'unité d'action. Si l'exécution des cinq
actes paraît demander trop de temps, on peut les
jouer séparément, car chacun d'eux a un caractère
spécial, un intérêt particulier. Il vaut mieux toutefois ne pas séparer le troisième du quatrième.

Nous avons mis dans cet ouvrage toute notre âme
et nous espérons que le motif qui nous a inspiré, le
désir de faire le bien, sera compris de tous.

La musique qui accompagne tous les actes, œuvre
de notre vénérable ami, M. l'abbé Victor Auzet, curé
de Collobrières, relève considérabliment la valeur
littéraire du drame. Elle sera un attrait puissant
pour la jeunesse, et rendra plus populaire encore
l'histoire de Joseph vendu par ses frères.

PERSONNAGES

JACOB, patriarche.
JOSEPH, fils préféré de Jacob, fils de Rachel.
RUBEN, SIMÉON, LÉVI, JUDA, ISSACHAR,
ZABULON, GAD, ASER, DAN, NEPHTALI, fils
de Jacob.
BENJAMIN, fils de Jacob et de Rachel.
Marchands ismaëlites.

APOPI II, Pharaon d'Egypte.
PUTIPHAR, ministre de Pharaon.
HORKHEM, gardien des prisons.
ANUBIS, grand Echanson de Pharaon.
UTOBAL, prisonnier, compagnon de Joseph.
Gardes, Flabellifères.

EPHRAÏM, MANASSÉ, fils de Joseph.

Au 5e acte, Figurants à volonté, représentant la
famille de Jacob.

Pour le décor et les costumes, s'inspirer des usa-
ges de l'Orient.

JOSEPH VENDU PAR SES FRÈRES

ACTE PREMIER

Genèse, chap. XXXVII. Joseph a près de 17 ans.
Environ 2.000 ans avant J.-C.

SCÈNE PREMIÈRE

RUBEN, SIMÉON, LÉVI, JUDA, ISSACHAR, ZABULON
Autres personnages, dans les coulisses, pour chanter.

CHŒUR

Gloire au Dieu d'Israël ! Que nos coteaux, nos plaines
    Retentissent de son saint nom !
Son cœur veille sur nous, ses mains sont toujours pleines
    De bienfaits pour chaque saison.

RUBEN

    Frères, quelle douce journée
Dieu fait lever pour nous, pour nos tendres agneaux !
    Heureux de notre destinée,
En retour offrons-lui les plus purs, les plus beaux.
    Frères, fêtons cette journée,
    Car c'est Dieu qui nous l'a donnée.

CHŒUR

Gloire, etc...

SIMÉON

Frères, écoutez-moi ! Savez-vous que Joseph
A la prétention d'être un jour notre chef ?
A l'entendre, on dirait qu'il est né pour la gloire.
Mais ce qu'il nous raconte est impossible à croire ;
Des révélations qu'il recevrait des cieux !

LÉVI

Pures inventions d'un cœur ambitieux !
Soit qu'il le manifeste, ou soit qu'il le déguise,
A ne pas s'y méprendre, au fond il nous méprise.

ZABULON

Jacob lui fait toujours l'accueil le plus charmant.

LÉVI

C'est donner à l'orgueil un encouragement.

ISSACHAR

C'est le favoriser aux dépens de ses frères.

LÉVI

Cette soif d'honneurs, ces projets téméraires,
A se faire admirer cette inclination,
Dénotent un esprit de domination
Qui lui mériterait, certes, tout autre chose
Que des marques d'amour, s'il était seul en cause.
Mais Jacob est séduit par son air caressant.

SIMÉON

Raison de plus ! Devant ce danger menaçant,
Devant cette conduite injuste d'un tel père,
Serons-nous pour toujours condamnés à nous taire ?
Ruben, prends ton parti, car il faut en finr,
C'est à toi que revient le droit de l'avertir.
Il a trop abusé de notre patience,
Il pourrait en subir un jour la conséquence.

RUBEN

Ces violents discours sont faits pour révolter !
Vous condamnez Joseph, il faudrait l'imiter,
Car il est, de Jacob, le compagnon fidèle,
Et, qu'il vous plaise ou non, il est notre modèle.
Tout à son avantage est la comparaison.
Si Jacob le préfère, il a quelque raison.

SIMÉON

Autrement dit, Joseph est tout pour notre père.
Il est tout, et nous rien, voilà tout le mystère.
Mais on verra le tout à ses dépens changé,
L'ambition déçue et notre honneur vengé.
Ce jour décidera si c'est lui qui l'emporte !

RUBEN

Quel projet, Siméon, médites-tu ?

SIMÉON

                              Qu'importe ?
En faveur de Joseph s'il nous faut abdiquer
Nos droits les plus sacrés sans rien revendiquer,
Plutôt !..

RUBEN

Frère, du calme et de la patience.
La modération et la persévérance
Viendront à bout de tout. Tu sais que des vieillards
Le cœur fut, de tout temps, sensible aux bons égards.

SIMÉON

Fort bien ! Mais si la lutte entre nous se déchaîne,
A qui la faute ? Moi, je partage la haîne
Que les fils de Zelpha nourrissent contre lui.
Les voici justement !

SCÈNE II

LES MÊMES, GAD, ASER

SIMÉON

Gad, Aser, aujourd'hui,
Eh bien ! Quoi de nouveau ?

GAD

Toujours même nouvelle.
Les songes que Joseph roule dans sa cervelle
Semblent de plus en plus faits pour émerveiller.
De notre long sommeil il faut nous éveiller.

ASER

Des abords de Jacob, c'est lui qui nous évince.
Il est, auprès de nous, habillé comme un prince.

GAD

A sa robe si belle il manque une couleur.

RUBEN

Laqüelle, Gad ?

GAD

Hé bien ! celle du sang !

RUBEN

Horreur !

GAD

Ennemi déclaré de toute préférence,
Je veux contre Joseph exercer ma vengeance.

RUBEN

Hé ! de quoi te venger ?

GAD

De l'accusation
D'une faute honteuse !

RUBEN

Ah ! la confusion
Te pèse ! Voilà bien l'aveu qui te condamne.

GAD

Toute délation d'un mauvais cœur émane.
Or, celle-ci sur nous porte indistinctement,

Puisque tous ont commis la faute également.
Et pour que sans remords ce souvenir nous laisse,
Il faut que le témoin, avant tout, disparaisse.

RUBEN

Honteux raisonnement ! Considère les droits
De Jacob affligé bien plus que tu ne crois.
Joseph a des vertus qui le rendent aimable.
Sa bonté, sa douceur, son air toujours affable,
Le filial amour dont son cœur est rempli,
Ont fait de notre frère un enfant accompli.
Deux fois, j'ai vu Jacob, captivé par ses charmes,
Ecouter ses récits et se répandre en larmes.
Et, mû par un ressort qu'on ne peut deviner,
Avec respect deux fois je l'ai vu s'incliner.

ASER

C'est de l'idolâtrie !

RUBEN

                Ah ! se peut-il qu'on blâme
Un sentiment si pur !

ASER

                Et que j'appelle infâme !

RUBEN

Mais c'est déraisonner que raisonner ainsi !
Ecoute, Aser, et vous, veuillez m'entendre aussi :

Incriminer Jacob, c'est une ignominie,
Persécuter Joseph, attenter à sa vie,
C'est le comble du mal. Mais je ne croirai point
Qu'une main fraternelle en arrive à ce point.

SIMÉON

Ah ! voici le songeur ! Que les choses passées
Ne trahissent en rien nos secrètes pensées.

RUBEN

C'est lui !

SCÈNE III

Les Mêmes, Joseph, *habillé d'une robe de diverses*
couleurs, mais où ne figure pas le rouge

JOSEPH

Je vous salue, ô frères bien-aimés !
Vos discours sont bruyants, vos regards animés.
Vous paraissez émus bien plus qu'à l'ordinaire.
Comment vous portez-vous ? Tout vous est-il prospère ?

SIMÉON

Beau parleur, à plus tard tes jolis compliments,
Tu sais dissimuler tes propres sentiments.

JOSEPH

Joseph dissimuler ! Sachez que je vous aime,
Et que je vois en vous, frères, d'autres moi-même,

Tous, enfants de Jacob, issus du même sang,
Ayant droit, dans son cœur, à tenir même rang.
Va, m'a dit le vieillard, demander à tes frères
Si les événements ne leur sont pas contraires.

SIMÉON

Mais toi, subtil songeur, qui lis dans l'avenir,
Ne le savais-tu pas, même avant de venir?
A propos, voudrais-tu nous raconter tes songes?
Tu nous divertirais. Vérités ou mensonges,
Qu'importe! Il nous plairait d'entendre à notre tour
Les récits qu'à Jacob tu faisais l'autre jour.

JOSEPH

Volontiers, mes amis, si cela peut vous plaire.
Je suis, comme toujours, prêt à vous satisfaire.
Pendant que nous liions nos gerbes dans le champ
La mienne était debout; les vôtres, s'approchant,
Inclinèrent leur front superbe devant elle,
Comme pour lui vouer un hommage fidèle.
Une autre fois, je vis, dans un profond sommeil,
Onze étoiles, la lune et même le soleil,
M'adorer... leurs rayons, symbolisant la gloire,
Semblaient vouloir d'avance écrire mon histoire.

SIMÉON

L'entendez-vous? Il veut un jour nous commander.
Peut-être aussi sur nous compte-t-il pour l'aider.

JOSEPH

Non, dépose ta crainte, et ne prends point ombrage
De mes rêves d'enfant. En eux rien ne présage.

SIMÉON, *ironiquement*

Mais, à n'en pas douter, tu seras notre roi,
Et nous t'adorerons ! Tu dicteras ta loi
A ton père, à ta mère, à nous aussi, tes frères.
Nous serons trop heureux de t'offrir nos prières !
Eh ! bien ! Qu'en pensez-vous ?

TOUS (*sauf Ruben et Juda*)

Il mérite la mort !

RUBEN

La haine vous égare !

ASER

Il a dicté son sort !

(*Siméon, Lévi, Gad, Aser, Zabulon, Issachar l'en-
tourent. Ils le dépouillent de sa robe, que Lévi
garde en main. Joseph oppose une faible résis-
tance.*)

RUBEN

Eh quoi ! vous abusez, frères, de sa faiblesse !

SIMÉON

Non, nous voulons punir son orgueil qui nous blesse !

RUBEN

Que lui reprochez-vous ? Sa trop grande candeur ?
A vous faire plaisir une trop prompte ardeur ?

Et vous vous offensez d'une simple parole !
Peut-on imaginer colère plus frivole !
Écoutez le conseil de votre frère aîné :
Ne versez point le sang de cet infortuné.
Nous avons là, tout près, une citerne vide.
Qu'il y soit enfermé ! le froid, l'odeur fétide
En auront bientôt fait !

JUDA

                    Oui, Ruben a raison :
Nous allons le lier et le mettre en prison.

(Siméon, Lévi, Gad, Aser, Zabulon, Issachar l'em-
mènent.)

RUBEN

Gardez-moi de sa mort, ô ciel, d'être complice,
Et rendez mon amour plus fort que leur malice.

                              (Il sort).

SCÈNE IV

JUDA, *très agité*

Ils ont lié Joseph comme un vil criminel !
Ne vont-ils pas sur lui porter un coup mortel ?
Tout est possible, hélas ! Ils sont sans cœur, sans âme,
Et, pour venir à bout de leur projet infâme,
Un instant leur suffit... Des cris ! J'entends des cris !
Irai-je à son secours ?... Que faire, un contre six ?
(Il va vers la coulisse)

Je vois des étrangers. Si j'allais... Ah ! de grâce,
Inspirez-moi, mon Dieu ! Que faut-il que je fasse ?
Au nom de la justice et de l'humanité,
Qu'ils me prêtent main forte en cette extrémité.
(Il se retire dans un coin du théâtre).

SCÈNE V

SIMÉON, GAD, ASER, ZABULON, ISSACHAR

SIMÉON

Ne nous éloignons pas, et qu'à vue on le garde !

ASER

Pour un seul prisonnier, faut-il monter la garde ?

SIMÉON

Avez-vous, dites-moi, confiance en Ruben ?
Pourquoi nous conseiller cet étrange moyen,
Alors que de Joseph nous voulons nous défaire ?
Cette réclusion est-elle nécessaire ?
Moi, j'irais droit au but, non par quatre chemins,
Sans lui laisser le temps d'échapper de nos mains.

ASER

Parle !

SIMÉON

Il faut nous saisir de lui puisque nous sommes
Tous bien déterminés, les plus forts, et des hommes

Pouvant venir à bout d'un misérable enfant.
Allons l'exterminer. Profitons du moment
Que Ruben n'est pas là pour prendre sa défense,
Nous couvrirons sa mort du plus profond silence,
Faisant les étonnés, le recherchant partout.

ASER

Sage précaution !

JUDA, *s'approchant*

Qui portera le coup ?

SIMÉON

Moi !

JUDA

Jamais !

SIMÉON

Moi, te dis-je !

JUDA

Ah ! c'est une menace,
Mais au moment d'agir, tu manqueras d'audace,
Tu laisseras tomber le couteau de ta main !

SIMÉON

Non, non, je frapperai...

JUDA

Comme un autre Caïn !

SIMÉON

Tu m'insultes, Juda ! Faut-il tout dire ?

JUDA

Achève !

SIMÉON

Il est temps de punir celui qui trop s'élève.
Le plus jeune prétend devenir notre chef !
Allons donc ! Nous, courber le front devant Joseph,
Et tomber à ses pieds ! L'adorer !... Quelle honte !
Mais ne vaut-il pas mieux vite régler son compte,
Afin de couper court à tout pressentiment ?
Nous dirons qu'une bête a dévoré l'enfant.
Dans le sang d'un chevreau nous tremperons sa robe.

JUDA

Crois-tu qu'à l'œil de Dieu l'assassin se dérobe ?

SIMÉON

Faut-il que l'orgueilleux s'élève impunément ?

JUDA

Le coupable de Dieu relève uniquement
Et qui consolera notre malheureux père ?

SIMÉON

La séparation deviendra moins amère
Avec le temps.

JUDA

Jamais ! Car, pour notre malheur,
Bientôt la mort mettra le terme à sa douleur.
Moi, je reste étranger à cette scène horrible.
Vous, craignez de tomber aux mains d'un Dieu terrible!
(Il sort du côté où il a vu les étrangers).

SCÈNE VI

SIMÉON, GAD, ASER, ISSACHAR, ZABULON

SIMÉON

Oui, va trouver Ruben, mais sois bien convaincu
Que quand tu reviendras Joseph aura vécu.
— Un même sentiment tous ici nous rassemble.
Allons-nous l'égorger? Dites, que vous en semble?

GAD

Oui, oui, que sa prison devienne son tombeau.

SCÈNE VII

LES MÊMES, LÉVI, *portant la robe teinte de sang*

Je me suis exercé sur un jeune chevreau;
Voici la robe! Elle est déchirée et sanglante,
C'est ce qu'il faut. Jacob, dont la vue est tremblante,
Au toucher comprendra que de son cher enfant
Il ne lui reste plus que ce seul vêtement.

Qu'en hâte Zabulon la porte à notre père,
Elle lui fera croire, habile messagère,
Qu'une bête féroce a dévoré son fils.
    (Zabulon emporte la robe).

SCÈNE VIII

Lévi, Siméon, Gad, Aser, Issachar, Juda *accourant*

JUDA

Mentir pour excuser un tel meurtre !

SIMÉON

        A tout prix,
Oui, nous nous vengerons !

JUDA

       O vengeance implacable,
Que rien ne justifie et doublement coupable,
Qui peut nous attirer un immortel ennui !
Ah ! par pitié pour nous, ayons pitié de lui !...
Joseph est notre chair. S'il est notre victime,
Son sang nous poursuivra, Dieu vengera ce crime.
Et quand nous pourrions fuir tous les regards humains,
Qui donc effacerait la tache de nos mains ?
Tirons-le du cachot et chargeons-le d'entraves,
Et puis nous le vendrons à des marchands d'esclaves,
Qui viennent, paraît-il, du pays d'Ismaël
Pour se rendre en Egypte. Et là, sous ce beau ciel,
Peut-être verra-t-il réaliser ses rêves.

LÉVI

Ah ! Quelle bonne idée ! Allons, sans plus de trêves...
(Lévi, Gad, Aser, Issachar sortent)

SIMÉON, *regardant vers la coulisse*

Holà, les étrangers ! Halte pour un instant !

SCÈNE IX

SIMÉON, JUDA

*(Quelques marchands ismaélites, portant des cas-
solettes de parfums, et accompagnés d'esclaves. A
hauteur d'homme, on fera paraître, si cela est
possible, une ou deux têtes de chameaux).*

LE CHEF DES MARCHANDS

Pour traiter une affaire ? Alors assurément
Sous ce site enchanteur rien n'est plus agréable.

SIMÉON

Là, sous ces verts palmiers, à l'ombre délectable,
Reposez-vous, la route, honnêtes voyageurs,
Vous paraîtra moins longue.
*(Il s'approche pour sentir une cassolette que tient
le chef).*

Oh ! les douces odeurs !

LE CHEF

Oui, nous sommes marchands des parfums d'Arabie,
Mais, pour un peu d'argent, nous changeons d'industrie.

SIMÉON

Voulez-vous acheter un esclave ?

LE CHEF

Montrez,
Et dites-nous le prix que vous en désirez.

SIMÉON

Le voici !

SCÈNE X

LES MÊMES, JOSEPH, *amené par* LÉVI, GAD, ASER
ISSACHAR

JOSEPH

Ciel ! Qu'entends-je ? Ah ! mes bien-aimés frères !

SIMÉON

Ah ! perfide songeur !

JOSEPH

De grâce, à mes prières...

SIMÉON

A tes songes plutôt.

JOSEPH

Alors, vous me vendez !

J'appartiens à Dieu seul. Mais vous, vous prétendez
Satisfaire avant tout votre coupable envie.
Si je vous porte ombrage, arrachez-moi la vie,
Mais ne me vendez pas !

LE CHEF

Oh ! le superbe enfant !
Et quel en est le prix ?

SIMÉON

C'est vingt pièces d'argent.

LE CHEF

Accepté ! Les voici !
(*Il compte 20 pièces et les donne à Siméon*).

JOSEPH, *se débattant*

Mais voilà qu'on me lie !
A mon aide, Ruben, Ruben, je t'en supplie !
O Sichem, mon berceau, pays béni de Dieu,
Terre de Chanaan, faut-il te dire adieu !

LE CHEF

Viens, tu nous appartiens.

JOSEPH

O Jacob, ô mon Père !

LE CHEF

Viens, et ne pleure pas.

JOSEPH

O Rachel, ô ma Mère !
Dieu d'Israël !
(Les marchands emmènent Joseph de force).

SCÈNE XI

SIMÉON, LÉVI, GAD, ASER, ISSACHAR, JUDA *vers la
coulisse*

JUDA, *à part*

Enfant, les cris désespérés
Me fendent l'âme !

SIMÉON

Enfin, nous voilà délivrés !

JUDA, *à part*

Qui sait à quel commerce infâme ils le destinent ?
Pauvre enfant !

SIMÉON, *montrant les marchands*

Voyez-les ! Du train dont ils cheminent
Ils auront bientôt mis le désert entre nous.

JUDA, *à part*

Vendu ! J'en suis l'auteur, et cela malgré tous.
Est-ce un crime ? Mais non, Dieu connaît ma pensée.
De regrets, de douleur, mon âme est oppressée,

Il me pardonnera ! Qui sait si, quelque jour,
Sa main ne rendra pas Joseph à mon amour !
Puissé le ciel m'entendre !

SIMÉON

    Ah ! Juda se lamente,
Alors que le succès dépasse notre attente.
Seuls, les événements ont puni son orgueil.
Il ne mérite pas que l'on porte son deuil.
Voici Ruben, fuyons ! *(Juda sort le dernier.)*

SCÈNE XII

RUBEN, *se promenant avec agitation*

    Oui, la citerne est vide !
Qu'est devenu l'enfant ?... Une main fratricide
L'aurait-elle frappé ?... D'où me vient ce soupçon ?
Aurais-tu consommé ton crime, ô Siméon ?
Non, tu n'as pas versé le sang de notre frère.
Non, tu n'as pas voulu faire mourir un père,
Hélas ! si près déjà des portes du tombeau,
En l'obligeant à voir, dans son fils, un bourreau !
Oserai-je, ô Jacob, paraître en ta présence,
Moi qui n'étais pas là pour prendre la défense
de ton bien-aimé fils ?... Il a dû m'appeler,
Et moi je ne pourrai jamais m'en consoler.
De ce reproche amer mon âme est poursuivie.
J'avais si bien promis de veiller sur sa vie,
De le rendre à son père ! O regret superflu !...
Mais Joseph n'est pas mort, Dieu ne l'a pas voulu,

Car de là-haut il veille et sa main paternelle
Garde toujours celui qui se confie en elle.

Il chante —

Mon Dieu, nous sommes vos enfants,
Et vous nous aimez comme un père.
Nous méritons votre colère,
Hélas ! quand nous sommes méchants.
Mais, pour Jacob, qu'elle est profonde
Qu'elle est amère la douleur
Infligée à son tendre cœur !
Est-il douleur plus grande au monde ?

Mon Dieu, vous vengez l'innocent
Et vous punissez le coupable.
De notre faute impardonnable
N'exigez pas le prix du sang.
Tous, en perdant ce pauvre frère,
Nous avons péché contre vous.
Mais détournez votre courroux,
Rendez Joseph à son bon père !

ACTE II

Genèse, chap. XXXIX, XL, XLI, Joseph a .30 ans.

La scène se passe dans une prison du palais de Pharaon, treize ans après que Joseph eut été vendu par ses frères.

SCÈNE PREMIÈRE

JOSEPH, *vêtu de la robe des prisonniers, chante, pendant qu'Utobal écoute, sans se montrer à lui.*

Loin de la maison paternelle
Mes frères gardaient leurs troupeaux.
Près de mon père, enfant fidèle,
Je paissais mes tendres agneaux.
Mais, craignant des choses contraires,
Jacob me dit un certain jour :
Va, mon enfant, cherche tes frères,
Près de moi, hâte leur retour.   } *bis*

Ceux-ci, d'une main criminelle,
M'ont d'abord saisi, garrotté,
Et d'une façon très cruelle
Dans une citerne jeté.
J'allais, hélas ! perdre la vie ;
Au jour ils m'ont enfin rendu.
A des marchands de l'Arabie,
Comme un esclave ils m'ont vendu.   } *bis*

Ils furent sourds à mes prières,
Et moi je disais : O Dieu bon,
Daignez rendre meilleurs mes frères,
Et leur accorder le pardon.
Oui, malgré tout, mon Dieu, j'espère
Qu'un jour nous serons réunis.
Mais consolez mon tendre père,
Par l'amour de son dernier fils. } *bis*

UTOBAL, *s'approchant*

C'est moi qui viens vous voir en votre solitude.
Pardonnez, ô Joseph, cette sollicitude.
Vous avez des ennuis, je viens les partager.

JOSEPH

Du récit de mes maux pourquoi vous affliger ?

UTOBAL

Pourquoi cette douleur concentrée en vous-même ?
Donnez-en une part à celui qui vous aime,
Et qui, depuis longtemps, vous a si bien compris.
D'un cœur compatissant vous connaîtrez le prix.
De ma discrétion n'ayez le moindre doute,
Et pendant que personne ici ne nous écoute...

JOSEPH

Ah ! si je souffrais seul, je souffrirais bien moins.
Mais n'ayant que le ciel et vous comme témoins,
Utobal, laissez-moi découvrir le mystère

Qui rend si malheureux un enfant et son père.
Du mien j'étais l'appui, la consolation,
Grandissant chaque jour en son affection.
Le vieillard avec moi s'attachait à la vie.
De quoi n'est pas capable un cœur rongé d'envie !
Un jour que des marchands passèrent près de nous,
Je fus saisi, vendu par mes frères jaloux.

UTOBAL

Ah ! ce crime sur eux appelle l'anathème !
Frères dénaturés !

JOSEPH

Et pourtant je les aime !
Le ministre du roi m'ayant donc acheté
Avec compassion m'avait d'abord traité.
J'eus aux soins du palais une part peu commune.
Putiphar, par mes mains, vit croître sa fortune.
Tout allait bien pour moi. J'étais par ce seigneur
Estimé comme un fils, non comme un serviteur.
Mais un jour, jour néfaste entre tous ! par sa femme,
Qui sentit en son cœur une honteuse flamme,
Je fus injustement accusé. Putiphar,
Trop crédule, me mit en prison, sans égard.
D'un second attentat j'étais donc la victime ;
C'est ainsi qu'un abîme appelle un autre abîme.

UTOBAL

Confiance, ô Joseph, en la force d'en haut.
Le ciel à l'innocent fit-il jamais défaut ?

C'est grâce à l'ascendant que la vertu vous donne
Qu'Horkhem cherche à vous plaire en tout ce qu'il or-
A suivre vos conseils il serait des premiers. [donne,
Il vous a nommé chef de tous les prisonniers.
Grâce à votre bon cœur, grâce à votre sagesse,
De tous ces malheureux vous calmez la détresse.

JOSEPH

Le roi, des prisonniers sait-il même le nom?
Nul n'a porté ma cause auprès de Pharaon.
Des véritables faits s'il ne prend connaissance,
D'un condamné peut-il soupçonner l'innocence?

UTOBAL

De votre liberté laissez à Dieu le soin,
Car le jour du salut n'est peut-être pas loin.
En attendant, goûtez la paix inaltérable
D'un cœur pur. N'est-ce pas le seul bien désirable?
Près de vous, cher Joseph, je le dis sans détour,
Je préfère mon sort aux honneurs de la cour.
Mais du grand panetier contez-moi donc l'histoire,
Et du grand échanson les revers et la gloire.

JOSEPH

Pour avoir gravement offensé Pharaon,
Tous les deux avec moi furent mis en prison.
Dans l'affreux cauchemar où ce séjour les plonge,
Chacun, la même nuit, est effrayé d'un songe
Que, d'aucune façon, il ne peut expliquer.
Et qui donc l'oserait sans d'abord invoquer

De l'Esprit du Seigneur la puissante lumière ?
L'échanson dit alors : « Je fermais la paupière,
Quand je vis une vigne où pendaient trois rameaux.
Ils se couvrent de fleurs, des raisins les plus beaux.
Dans la coupe du roi je les presse. O merveille !
Celle-ci se remplit d'une liqueur vermeille.
Transporté d'un bonheur où se mêle l'effroi,
Respectueusement je la présente au roi. »
— Trop heureux serviteur, rassurez-vous, lui dis-je.
Je vais vous révéler le sens de ce prodige :
Les trois rameaux de vigne indiquent les trois jours
Après lesquels le roi vous rendra pour toujours
De votre fonction l'honneur et l'avantage.
Vous lui présenterez la coupe et le breuvage.
Mais, lorsque vous serez en présence du roi,
Fort de votre crédit, souvenez-vous de moi. »
Le panetier me crut assez bon interprète,
Il dit donc à son tour : « Moi, j'avais sur la tête
Trois corbeilles, dont l'une aux avides oiseaux
Offrait à becqueter de savoureux gâteaux...
— O triste visioin, lui dis-je ! Une sentece
Après trois jours fera dresser une potence
Où les oiseaux viendront déchirer votre corps,
Or, le troisième jour se leva. C'est alors,
(O volonté des grands, despotique, arbitraire !)
Que Pharaon, fêtant l'heureux anniversaire
De sa naissance, fit sortir de leur prison
Et le grand panetier et le grand échanson.
L'un, au gibet fixé, des oiseaux fut la proie.
L'autre au monarque offrit le vin ; mais dans sa joie
Il ne se souvint plus de mon adversité.

UTOBAL

C'est l'ordinaire effet de la prospérité.

SCÈNE II

Les Mêmes, Anubis

ANNUBIS, *accourant*

Hélas ! quelque malheur aujourd'hui nous menace.
Le roi, tout effrayé, ne peut tenir en place.
Il va, revient, s'arrête, il parcourt son palais
Sans trouver nulle part le repos et la paix.

JOSEPH

De cet étrange état connaît-on l'origine ?

ANNUBIS

Non, c'est un mal secret, un mal qu'il imagine.
Il fait un amalgame étrange, associant
Des vaches, des épis qu'il a vus en rêvant.
Il a les yeux hagards, ses discours sont sans suite.
Les devins, n'ayant pu rien dire, sont en fuite.
Horkhem et Putiphar, qu'il convoque, soudain
Demeurent interdits devant leur souverain.
Nul ne peut le tirer de l'ennui qui le ronge.
C'est alors, ô Joseph, qu'il me souvint du songe
Qu'interprète prudent, plein de l'Esprit de Dieu,

Vous m'avez expliqué, là, dans ce même lieu.
Je le dis donc au roi ; je confessai ma faute
D'avoir laissé dans l'ombre une faveur si haute,
Car un pareil bienfait doit être publié.
Pardonnez-moi, Joseph, de l'avoir oublié.

JOSEPH

La paix soit avec vous, Annubis !, A cette heure,
Je voudrais être auprès du roi, dans sa demeure.
Car Dieu, dans sa sagesse, a dû donner aux grands
Le don de discerner les bons et les méchants.
De tous les différends ils sont les vrais arbitres,
Mais tiennent de Dieu seul leur pouvoir et leurs titres.
Pour moi, qui suis exclu du reste des mortels,
Depuis treize ans privé des baisers paternels,
Qui suis de Pharaon le serviteur docile,
Pourquoi me retient-il en cet humide asile ?
Mes yeux, appesantis par cette obscurité,
Réclament la lumière avec la liberté.

SCÈNE III

LES MÊMES, HORKHEM

HORKHEM

L'état du roi s'aggrave et confine au délire,
Où courir ? où trouver, ainsi qu'il le désire,
Un savant, un devin, qui donne à Pharaon
Le sens clair et précis de cette vision ?

SCÈNE IV

LES MÊMES, PHARAON *en grande pompe, précédé*
de PUTIPHAR

PUTIPHAR, *solennel*

Le Roi !

HORKHEM

Prosternons-nous ! Rendons-lui notre hommage !
Tous se prosternent. Sur un signe de Pharaon, ils se
relèvent.

PHARAON

Debout ! Je vous fais grâce aujourd'hui de l'usage
Qui fait mettre à mes pieds les gens de ma maison.

JOSEPH, *s'inclinant*

Quoi ! vous daignez venir, grand roi, dans ma prison !

PHARAON

C'est pour te consulter que je descends du trône,
Joseph ! Je ne crains pas d'avilir ma couronne.
Oui ! le grand Pharaon est venu jusqu'à toi.
Il t'offre de gagner la faveur de ton roi.

JOSEPH

O Prince, dont le nom remplit ce vaste empire,
Qui régnez sur l'Egypte et que la terre admire,

Vers un pauvre captif vous venez aujourd'hui,
Quel service important attendez-vous de lui?

PHARAON

Ta réputation est liée à ma gloire.
C'est un crime, à mes yeux, d'entacher ta mémoire.
— Putiphar, dites-moi, quelle est donc la raison
Qui mit, à mon insu, ce jeune homme en prison?

PUTIPHAR, *embarrassé*

Seigneur!...

PHARAON

Hé bien?

PUTIPHAR

Seigneur, je ne saurais le dire,
Mais à vos moindres vœux je suis prêt à souscrire.

PHARAON.

Sachez, dorénavant, punir quand il le faut.
— J'apprends que ton esprit est éclairé d'en haut,
Joseph! Non, tu n'es pas un enfant ordinaire.
Les songes, m'a-t-on dit, pour toi sont sans mystère.

JOSEPH

Ne m'en rapportez pas le mérite, ô grand roi,
Car, seul, l'Esprit de Dieu, prophétise par moi.
De vos songes, c'est lui qui sera l'interprète.

PHARAON

Hélas ! mes sens troublés et mon âme inquiète
Ne me laissent plus voir que très confusément
Les bizarres objets qui causent mon tourment.
Mais, à considérer leur effrayante image,
Je crains que d'un malheur ils ne soient le présage.
Tout d'abord j'aperçus, dans un profond sommeil,
Sept vaches d'embonpoint à nul autre pareil,
Elles sortaient du Nil, du fond du fleuve même.
Sept autres aussitôt, d'une maigreur extrême,
Mystérieusement, à travers les roseaux,
Parurent, effleurant la surface des eaux ;
Puis, se précipitant contre les vaches grasses,
Dévorèrent les sept, sans en laisser de traces.
Mais leur forme hideuse ainsi que leur maigreur
Persistant, je m'éveille, en proie à la terreur...
Dans un second sommeil, la fatigue me plonge,
Mais trouble mon esprit avec un nouveau songe :
Sur un seul chalumeau, je vis sept épis pleins,
D'une grosseur énorme et regorgeant de grains ;
Puis sept autres épis, sur une faible tige,
Maigres et desséchés, entrèrent en litige,
Absorbant les premiers sans nul profit pour eux.
Quel triste songe ! Hélas ! Que je suis malheureux !

JOSEPH

Prince, rassurez-vous ! La sagesse divine
En ces songes divers vous parle, et je devine,
A travers leur symbole, un avertissement
Qui vous est, par deux fois, donné secrètement.

Sept vaches, sept épis, annoncent sept années
De récoltes en blé grasses et fortunées.
Mais sept autres viendront dont la stérilité
Bien vite épuisera cette fécondité.
Et sur toute la terre on verra la famine,
Terrible, inexorable, étendre sa ruine,
A moins que Pharaon, en roi sage et prudent,
Ne prépose à l'Egypte un habile intendant,
Qui sache profiter de la surabondance
Par le ciel annoncée et produite d'avance.
Que de votre palais les meilleurs officiers
Surveillent la moisson ; qu'en de vastes greniers
Ils recueillent du blé la cinquième partie.
Jouissant le premier de cette économie,
O Prince, vous verrez la terre sous vos lois.
Vous serez réputé le plus sage des rois,
Des peuples affamés le père de famille.
On verra reposer le soc et la faucille,
Et les travaux des champs cesseront tout le temps
De la stérilité, c'est-à-dire sept ans.

PHARAON

Tes discours, ô Joseph, respirent la sagesse.
Malheur à qui voudrait mépriser ta jeunesse !
Je rends grâces au ciel, moi le grand Pharaon,
D'avoir conduit mes pas jusque dans ta prison.
Où pourrais-je trouver un intendant plus sage ?
(Il tire de son doigt un anneau d'or et le passe au
doigt de Joseph).
Reçois cet anneau d'or comme un visible gage
Du pouvoir souverain que te donne le roi.

Du trône un seul degré te sépare de moi.
— Putiphar, réparez la maladresse insigne
Qui vous fit condamner un jeune homme aussi digne.
De tous mes vêtements choisissez les plus beaux,
Et revenz porteur des insignes royaux.

SCÈNE V

LES MÊMES, *moins* PUTIPHAR

PHARAON

Oui, dans tous mes Etats, je veux qu'on t'obéisse,
Au devant de ton char que tout genou fléchisse,
Que jamais, sans ton ordre, on ne voie être humain
Qui puisse remuer ni le pied ni la main.

JOSEPH

O prince généreux, ami de la justice,
Mes lumières, mon bras sont à votre service.
Puissent vous profiter ces dons reçus du ciel,
Et ma bouche en rendra gloire au Dieu d'Israël.

PHARAON

Devant ce Dieu puissant, j'incline ma couronne,
Et je lui fais retour de ces biens qu'il me donne
En t'envoyant vers moi, noble enfant des Hébreux.
Pour fêter dignement ce jour trois fois heureux,
Afin qu'il soit inscrit aux fastes de l'histoire,
Et que les délaissés bénissent ta mémoire,
A tous les prisonniers je rends la liberté.

JOSEPH

Honneur à Pharaon, gloire et félicité !

PHARAON

Je veux qu'un nouveau titre à ton pouvoir réponde,
Un nom égyptien disant : Sauveur du monde,
Car les hommes par toi sont sauvés du trépas.
Au lieu d'être Joseph, tu seras Cléophas.
Fais produire du grain aux champs les plus fertiles,
Et, pour le recueillir, va dans toutes les villes
Construire des greniers et creuser des silos.
Aucun Egyptien ne prendra de repos
Avant qu'on ait produit une immense réserve
Que, pour les jours mauvais, avec soin l'on conserve.
L'œuvre est digne de toi ! Courage, Cléophas !
Les hommes baiseront la trace de tes pas.
Un prêtre du soleil te donnera sa fille ;
Par elle tu seras père d'une famille
Qui te devra son nom, sa gloire et sa grandeur.
(Apercevant Putiphar)
Mais en voici venir le signe avant-coureur.

SCÈNE VI

LES MÊMES, PUTIPHAR, *apportant les vêtements royaux*

PHARAON

Approchez, Putiphar, et n'ayez nulle crainte
De jeter trop d'éclat dans cette obscure enceinte.

De ma royale main Cléophas en ce jour
Va recevoir l'honneur qu'on me rend à la cour.
— Quitte ton vêtement, prends cette belle étole...
A ton front laisse-moi mettre cette auréole...
Et, comme tu reçois la garde du trésor,
A ton cou je suspends ce riche collier d'or.

(Pendant cette scène, Joseph quitte sa robe de pri-
sonnier. Il revêt l'étole, sorte de manteau sans
manches agrafé sur une épaule. Pharaon pose sur
son front un riche bandeau de diverses couleurs;
Il passe à son cou un collier d'or. Enfin, il se
retire solennellement, précédé de Putiphar et suivi
de sa cour.)

SCÈNE VII

CLÉOPHAS, HORKHEM, ANUBIS, UTOBAL

Ces trois derniers s'inclinent respectueusement devant Cléophas.

HORKHEM

Recévez, Cléophas, nos très humbles hommages :
En vous, nous saluons le plus sage des sages.
Ainsi qu'à Pharaon nous vous serons soumis.

CLÉOPHAS

Comme par le passé, sutout, soyons amis !

ANNUBIS

Le Dieu que vous servez est un Dieu secourable,
Aux bons plein de clémence, aux méchants redoutable,

Il est, plus que nos dieux, sage, puissant et fort,
Seul souverain de l'homme, arbitre de son sort.
Heureux sont les cœurs purs auxquels il se révèle,
A l'aimer, le servir, heureux ceux qu'il appelle !

UTOBAL

Il sait mettre au grand jour le mérite caché.
Aux horreurs du cachot par sa main arraché,
Vous êtes élevé, comme un roi, sur le trône.
De son éclat divin, la vertu vous couronne,
Et, mieux que les puissants, vous régnez sur les cœurs.

CLÉOPHAS

A Dieu seul aujourd'hui sont dûs tous les honneurs.
A Lui l'amour, à Lui la gloire et la puissance.
A nous les dons gratuits de sa munificence.
Il nous fait triompher en ce jour solennel.
Oui, gloire à Jéhovah ! gloire au Dieu d'Israël !

CHŒUR *commençant le premier acte, sans le solo
et ainsi modifié :*

Gloire au Dieu d'Israël ! Et que toute la terre
    Retentisse de son saint Nom !
Son cœur veille sur nous, ce bon et tendre Père
    A visité notre prison.

ACTE III

Genèse, chap. XLII. Joseph a 38 ans.

La scène se passe 8 après que Joseph fut devenu
ministre de Pharaon. Vestibule du palais, riche-
ment orné.

RUBEN, SIMÉON, LÉVI, JUDA, GAD, ASER, ISSACHAR,
ZABULON, DAN, NEPHTALI, *tous ayant en main un
sac et une bourse.*

RUBEN

Voilà donc ce palais qu'on nous a tant vanté,
Où tout respire gloire et parle vanité!

SIMÉON

Du grand roi Pharaon l'orgueil et la puissance
Sont écrits sur ces murs avec magnificence.

JUDA

Quant à nous, jour et nuit, sous un ciel découvert,
Nous avons traversé les sables du désert.
Vingt ans sont écoulés depuis que notre frère,
La joie et le soutien, l'espoir de notre père,
Fut vendu comme esclave à de cruels marchands.
Par les mêmes chemins, sur des frères méchants,
Dieu n'a-t-il pas voulu déchaîner sa vengeance?
Sa main nous a frappés, nous voilà sans défense,

Loin de notre pays, fuyant à notre tour
La maison de celui qui nous donna le jour.

NEPHTALI

Le temps n'est plus, hélas ! où notre tendre enfance
S'écoulait librement au sein de l'innocence.
Jacob était heureux et fier de ses enfants. [champs,
Tout le jour nous paissions nos troupeaux dans nos
Pour revenir le soir auprès de ce bon père.
Beaux jours évanouis et bonheur éphémère !
Car, depuis que l'envie a gâté notre cœur,
Nous avons dû passer sous le joug du malheur.

DAN

Sur Jacob et sur nous des épreuves sans nombre...

ISSACHAR

Non moins que le passé, que l'avenir est sombre !

ZABULON

Silence, on vient. Surtout, frères, séchons nos pleurs.

SCÈNE II

LES MÊMES, HORKHEM

HORKHEM

Quel motif vous amène, ô pauvres voyageurs ?

RUBEN

Parti de Chanaan, où règne la famine,
Depuis quarante jours notre convoi chemine.
Nous avons épuisé notre pain et nos fruits.
Nous venons de Memphis acheter les produits.
Il paraît qu'ici-même, en effet, tout abonde.
L'Egypte est le pays le plus riche du monde,
Depuis sept ans, dit-on, abondamment pourvu
De trésors de blé tels qu'on n'en a jamais vu.

HORKHEM

Un homme ami des dieux, d'une rare prudence,
Avait à Pharaon prédit cette abondance.
Et ce sage a, depuis, sur les Etats du roi,
Un immense crédit : il peut dicter sa loi.

RUBEN

Honneur à lui ! Du ciel émane sa puissance.
Pourrons-nous un instant jouir de sa présence ?
Il se nomme, Seigneur ?

HORKHEM

                    Son nom est Cléophas,
Mais sa vraie origine, on ne la connaît pas.
Plus fort que nos devins, de bien bas et bien vite,
Il a su s'élever par son propre mérite,
Si bien que du roi même il est le confident.

SCÈNE III

LES MÊMES, *moins* HORKHEM

RUBEN

Quel est cet étranger, de l'Egypte intendant ?
Frères, je ne sais pas si ma crainte est fondée ;
Mais un pressentiment, une secrète idée,
Que j'eus en franchissant le seuil de ce palais,
M'obsède, et je ne puis la chasser désormais :
Cléophas est, dit-on, maître de tout l'empire,
Le roi même applaudit à tout ce qu'il désire.
Très bien ! mais... notre accent, nos vêtements grossiers...
Ne nous prendra-t-il pas pour des aventuriers ?

JUDA

A la garde de Dieu, de notre conscience !
Et d'ailleurs notre argent parle avec éloquence :
Nous voulons un échange et non point des faveurs.

SCÈNE IV

LES MÊMES, CLÉOPHAS, HORKHEM, ANUBIS

RUBEN, *prosterné avec ses frères devant Cléophas*

Prosternés devant vous, vos humbles serviteurs
De crainte et de respect ont l'âme pénétrée.
(Ils se relèvent).

CLÉOPHAS

Qui donc de ce palais ose forcer l'entrée ?
Je ne vous connais point. Quelle témérité !

RUBEN

Seigneur, ne soyez point contre nous irrité.
Pressés par la famine, épuisés de fatigue,
Incapables pourtant de tramer une intrigue,
Nous avons entrepris ce voyage lointain...

CLÉOPHAS

Animés, je le vois, d'un perfide dessein :
A la solde d'un prince explorer la contrée !

RUBEN

De vous trahir, Seigneur, loin de nous la pensée.
Le ciel garde nos cœurs d'aussi noirs sentiments !
D'un père infortuné nous sommes douze enfants...

CLÉOPHAS

Hé ! Je n'en vois que dix ! Les deux autres, sans doute,
Se sont, de connivence, attardés sur la route.

RUBEN

Non, Seigneur, le plus jeune est auprès d'un vieillard
Dont le noim est Jacob.

CLÉOPHAS

Et l'autre ?

RUBEN, *avec hésitation*

Son départ...
Son départ est...

CLÉOPHAS

Hé bien?

RUBEN

Eh, bien, involontaire.
(A part).
Grand Dieu, nous faudrait-il avouer le mystère?

CLÉOPHAS

Depuis combien?

RUBEN

Depuis vingt ans.

CLÉOPHAS

A voyager,
A-t-il, que vous sachiez, couru quelque danger?

RUBEN

Peut-être...mais *(à part)*, ô ciel, que me faut-il répondre?
Nous ne savons.

CLÉOPHAS

C'en est assez pour vous confondre.
Vous êtes, je le vois, à titre d'espions,

Venus examiner toutes ces régions.
Quoique en votre récit quelque chose m'émeuve,
Vous ne sortirez point sans m'en donner la preuve.
Que votre jeune frère ici soit amené.
L'un de vous, que mon choix aura déterminé,
Restera prisonnier pour me servir d'otage.
Les autres reprendront le cours de leur voyage.

RUBEN

Nos personnes, Seigneur, sont en votre pouvoir,
Et de vous obéir nous avons le devoir.
Mais daignez écouter la voix de la nature,
Et retirez votre ordre, oh! je vous en conjure!
Jacob, impatient, attend notre retour.

CLÉOPHAS

Un de plus, un de moins...

RUBEN

      C'est rendre chaque jour
D'un deuil toujours vivant la douleur plus amère.
Seigneur, pour le comprendre, il faudrait être père.
Que dira-t-il, hélas!

CLÉOPHAS

      Telle est ma volonté.
Je veux, sur tous les points, savoir la vérité.

RUBEN

Seigneur!...

CLÉOPHAS

N'insistez point. Tout retard m'importune.

SIMÉON *(à part)*

Sur moi va retomber, ô ciel, cette infortune.
J'ai lu dans son regard !

CLÉOPHAS

Oui, j'ordonne et je veux
Que le plus jeune soit amené sous mes yeux.

SIMÉON *(à part)*

Un ordre aussi formel tourne à mon préjudice.
Siméon servira d'otage, c'est justice.

RUBEN

Du blé sollicité, Seigneur, voici le prix.
(Les dix frères présentent en même temps leur bourse).

CLÉOPHAS

C'est bien. Vous allez être en un moment servis.
— Anubis, prenez-le, qu'on le mette en réserve.
(A part).
D'en faire aucun profit que le ciel me préserve !
Je sens venir mes pleurs. Sortons !

SCÈNE IV

LES DIX FRÈRES

JUDA

           Ciel, quel accent !
La douceur, l'amertume y percent, on le sent.

GAD

Mais l'amertume est feinte et la douceur réelle,
Et jusque sur ses traits la bonté se révèle.

ASER

Pour pleurer n'a-t-il pas détourné son regard ?

DAN

Oui, même en nous parlant, il parlait à l'écart.

NEPHTALI

Aurait-il des soupçons qu'il a voulu nous taire ?
Quel intérêt peut-il porter à notre frère ?
D'où vient que sur son compte il voudrait tout savoir,
Qu'il lui faut amener et qu'il désire voir
Un enfant inconnu ? C'est chose inexplicable.

RUBEN

La faute en est à nous ; lorsqu'on se sent coupable,
On a dans sa personne un air embarrassé
Qui souvent peut trahir les secrets du passé.

Il faut lui savoir gré de cette sympathie.
Si le ciel contre nous se met de la partie,
N'est-ce pas que nous-même avons manqué de cœur?
Ah! pleurons notre faute autant que le malheur!

SCÈNE VI

LES DIX FRÈRES, CLÉOPHAS, HORKHEM, ANUBIS

(Les dix Frères se retirent vers le fond du théâtre)

CLÉOPHAS, *désignant Siméon*

Comme otage et garant, que celui-ci demeure.
— Vous autres, retournez jusque en votre demeure.
(Cléophas, Horkhem, Anubis se retirent, précédés de Siméon).

SCÈNE VII

LES NEUF FRÈRES

RUBEN

Frères, quoi qu'il en coûte, il nous faut obéir.

JUDA

Et c'est, la mort dans l'âme, hélas! qu'il faut partir!
Nous voilà neuf, au lieu de dix! Quelle nouvelle
Epreuve pour Jacob! Perte non moins cruelle
Que celle de Joseph!

LÉVI

Grand Dieu, quel châtiment !
Mais votre heure a sonné, vous frappez justement.

GAD

D'un tardif repentir nos âmes sont brisées,
Des querelles d'enfance, hélas ! désabusées.

ASER

Puisque Dieu nous punit de notre cruauté,
Sa main ne peut avoir trop de sévérité.

ISSACHAR

Combien aussi sur nous elle est appesantie !

ZABULON

Voyons en Cléophas le Dieu qui nous châtie.

DAN

Pourquoi sur Siméon a-t-il fixé son choix ?

RUBEN

Adorables toujours, insondables parfois,
Les jugements de Dieu sont exempts de caprice,
Et c'est de nous toujours que provient l'injustice.

NEPHTALI

Frères, la route est longue et Jacob nous attend.

JUDA

Alors, quittons l'Egypte, allons vers Chanaan.

Ils chantent :

Pourquoi sur la terre étrangère
Nous faut-il gémir aujourd'hui,
Loin de Jacob, notre bon père ?
Le bonheur qu'il goûtait naguère
Pareil à l'ombre s'est enfui. *(bis)*

L'enfant perdu pour sa tendresse
Est toujours vivant dans son cœur.
Et nous, que la douleur oppresse,
Nous, la cause de sa détresse,
Nous portons le poids du malheur. *(bis)*

ACTE IV

Genèse, chap. XLIII, XLIV, XLV. Joseph a 39 ans.
Même décor qu'au troisième acte

SCÈNE PREMIÈRE

RUBEN, LÉVI, JUDA, *près de lui* BENJAMIN, GAD, ASER
ZABULON, ISSACHAR, DAN, NEPHTALI

RUBEN

Frères, dans ce palais, quelle splendeur, quel fast !
Avec nos simples mœurs quel étonnant contraste !
Mais combien je préfère au grand roi Pharaon,
Le vertueux Jacob et son humble maison !

JUDA

Hélas ! il faut souvent quitter ce que l'on aime.
Nous étions sous le coup d'une disette extrême :
Plus de blé ! Mais Jacob augmentait notre ennui :
Il eût voulu garder Benjamin près de lui,
Alors que cet enfant était indispensable
Pour rendre à notre endroit l'intendant secourable.

BENJAMIN

Jacob à tout jamais est-il perdu pour nous ?

JUDA

Plaise à Dieu que bientôt à ce père si doux

Nous soyons tous rendus ! L'intendant va paraître,
Il sera satisfait sans doute, il va peut-être
S'apaiser à ta vue et laisser Siméon,
Depuis un an captif, sortir de sa prison.
Ce légitime espoir, fondé sur sa parole,
Est ce qui nous ramène et ce qui nous console.

LÉVI

Que faire de l'argent en nos sacs retrouvé ?

RUBEN

Le rendre, et tout soupçon ainsi sera levé.
Nous dirons qu'en nos sacs une main inconnue
Le mit secrètement et loin de notre vue.
Des voleurs viendraient-ils rapporter leur argent ?
Sur nos têtes déjà pèse assez lourdement,
Sans nous charger d'un vol qui nous condamne encore,
Un crime heureusement que Cléophas ignore.

LÉVI

Frère, qu'en savons-nous ? On dit que de Caïn,
Par un trop juste effet du châtiment divin,
Le front portait partout la marque de son crime.
Qui sait si, pour venger Joseph, notre victime,
Dieu ne nous a marqués d'un nouveau signe, hélas !
Qu'il a rendu visible à l'œil de Cléophas ?

RUBEN

A nous perdre faut-il que le ciel contribue !

SCÈNE II

LES MÊMES, HORKHEM

HORKHEM, *qui a entendu les dernières paroles*
Non, soyez assurés de votre bienvenue.

RUBEN

S'il est ainsi, Seigneur, daignez nous écouter.
De notre probité veuillez ne pas douter.
Nous ne savons comment la chose a pu se faire,
Mais c'est de notre part erreur involontaire ;
Nous avons retrouvé dans tous nos sacs l'argent
Qui fut, pour prix du blé, remis à l'intendant.

HORKHEM

La paix soit avec vous, bons étrangers. Sans doute,
Ainsi Dieu l'a permis. Et, pour comble, j'ajoute,
Que Cléophas pour vous est rempli de bonté.
Il remet Siméon en pleine liberté.

SCÈNE III

LES MÊMES, SIMÉON, ANUBIS

RUBEN

Ah ! pauvre Siméon !

SIMÉON

                    Oh ! l'aimable visite !
Et de votre retour que je me félicite !

RUBEN

À nos bras, à nos cœurs te voilà donc rendu !

SIMÉON, embrassant Benjamin

Oui, voilà l'heureux jour si longtemps attendu.
Pour dissiper l'ennui, je vivais d'espérance,
Benjamin, ta venue hâte ma délivrance ;
Il est vrai, mais désole un malheureux vieillard.
Que de pleurs il a dû verser sur ton départ !

BENJAMIN

Il attend tout du ciel, son âme est résignée,
Aux volontés de Dieu toujours abandonnée.

SIMÉON

Ah ! Quel exemple il donne à la postérité,
D'énergie et de foi, de générosité !

RUBEN

Oui, son cœur est rempli d'une force étonnante,
Ses yeux levés au ciel, sa bouche souriante,
Et, si son corps fléchit, son courage est debout.
Il pense à l'avenir, à ses enfants surtout.

JUDA

Pauvre père, aimons-le, prenons-le pour modèle.
Chaque jour à nos yeux plus grand il se révèle.

SIMÉON

Moi, je fus prisonnier, mais sans hostilité.
Mon exil fut plus dur que ma captivité.
Cet homme si puissant, au regard si sévère,
En le dissimulant, m'a traité comme un frère.
Si Jacob le savait, quel adoucissement
A sa douleur amère, à son isolement!

RUBEN

Horkhem, n'oubliez pas qu'à ce second voyage
L'intendant nous promit de montrer son visage
Si Benjamin venait confirmer mon récit.
Le voilà!

HORKHEM

Cet enfant est sûr de tout crédit.
Cléophas, sans le dire, aux moyens qu'il emploie,
D'un cœur affectueux laisse percer la joie.
Il semble utiliser ces précieux moments
Comme pour prendre part à vos embrassements,
Et goûter les douceurs du foyer domestique.
Il vous cherche des yeux, et son désir unique
Est que dans ce palais, vous soyez accueillis,
Non point comme étrangers, mais comme des amis.
Suivez donc Anubis, passez dans cette salle.

SCÈNE IV

HORKHEM, *se promenant sur la scène*

Quelle réception fut jamais plus royale!..
Rien n'y manque, vraiment, qu'on puisse imaginer.

Mais, plus j'y réfléchis, moins je puis deviner
Dans quel but Cléophas agit de cette sorte,
Et d'où peut bien venir l'intérêt qu'il leur porte...
Horkhem, c'est un mystère insondable pour toi
Tu dois le respecter comme un secret de roi,
Sans te permettre un mot qui sente la critique...
Il veut qu'on leur prépare un repas magnifique,
Que le pain, que les mets, que les plus rares fruits,
Mêlés en abondance aux vins les plus exquis,
De sa tendre amitié leur soient un témoignage.
J'obéis volontiers, je n'en prends point ombrage.
Ce serait de ma part grande témérité
De vouloir résister à son autorité.
Devant lui tout s'incline, ainsi le roi l'exige.
De Pharaon lui-même il a tout le prestige.

SCÈNE V

CLÉOPHAS, HORKHEM

CLÉOPHAS

Tous mes ordres, Horkhem, sont-ils exécutés?

HORKHEM

Oui, Maître, je les ai de tout point respectés.
Les nobles étrangers sont dans la grande salle.
Un immense bassin, rempli d'une eau lustrale,
Où j'ai mêlé divers et précieux parfums,
Reposera leurs pieds, loin des yeux importuns.

Pour le festin, Seigneur, j'ai fait le nécessaire :
On se crairait au jour de votre anniversaire.

CLÉOPHAS

C'est bien, Horkhem, je puis me reposer sur vous.
Or, voici mon dessein : faire goûter à tous,
Par les soins empressés que vous pourrez leur rendre,
Un bien-être inouï qu'ils ne puissent comprendre.

HORKHEM

En tout j'obéirai, car vos moindres désirs
Sont des ordres pour moi, mes plus réels plaisirs.

CLÉOPHAS

Je veux être informé de tout ce qui se passe,
Suivre les étrangers, les observer en face,
Les interroger tous, recevoir leurs serments,
Du plus jeune surtout savoir les sentiments.

SCÈNE VI

CLÉOPHAS

Ce n'est pas que je veuille user de représaille,
Non, à les rendre heureux tout mon esprit travaille.
Dieu lui-même a conduit tous ces événements.
Il est maître du temps et de nos destinées.
C'est un instant pour Lui que toutes nos années.
Il voit d'un seul regard le présent, l'avenir.
Sonder le fond des cœurs, récompenser, punir,

Est un droit qu'à Lui seul sa justice réserve.
Il veut qu'avec amour pour lui-même on le serve,
Qu'on sache dans l'épreuve à Lui s'abondonner,
Et, pour Lui ressembler, qu'on aime à pardonner.

Il chante :

Dieu d'Israël, Dieu d'amour, de clémence,
Veillez sur nous du séjour immortel.
Des exilés soyez la Providence,
Et rendez-les au foyer paternel.
Pour protéger la trop faible innocence,
De votre bras vous armez la puissance,
Et tout se prête à votre bon plaisir.
Mais, en retour, quand nous sommes coupables,
Vous ne voyez que nos maux lamentables,
Et vous cédez à notre repentir.

SCÈNE VII

CLÉOPHAS, HORKHEM, ANUBIS, LES ONZE FRÈRES *et
quelques serviteurs. Les Onze se prosternent devant
Cléophas.*

CLÉOPHAS

Relevez-vous !

RUBEN

Seigneur, l'Egypte vous vénère.
Vous voyez à vos pieds les peuples de la terre,
Apportant avec l'or les plus riches présents.
Quant à nous d'un vieillard infortunés enfants...

CLÉOPHAS

Votre père est vivant? Que longtemps Dieu le garde!
Et le fils que Jacob retenait en sa garde
Serait ce jeune enfant?

JUDA

Seigneur, c'est Benjamin,
Etroitement uni, par un même destin,
A Jacob qui languit de son départ et pleure.

CLÉOPHAS

Dieu veille aussi sur toi, cher enfant, qu'à cette heure
Il daigne en sa bonté, consoler le vieillard.
Certes, je m'en voudrais d'apporter du retard
Au jour béni qui doit te rendre à sa tendresse.
Laissez ici vos sacs et que chacun s'empresse
De se réconforter au copieux festin
Que j'ai fait préparer, surtout pour Benjamin.

*(Deux serviteurs prennent les sacs et les bourses
et restent. Anubis sort suivi des Onze.*

SCÈNE VIII

CLÉOPHAS, HORKHEM *et les serviteurs au fond*

CLÉOPHAS, *s'affaissant sur un siège*

Je puis enfin laisser libre cours à mes larmes!
Fils de Rachel, tu m'as captivé par tes charmes!
Ciel! Que d'efforts j'ai faits pour ne pas me trahir!

HORKHEM, *se tenant à distance*

Grand Dieu ! Qu'il est ému ! Comme il vient de pâlir !
Est-ce bien Cléophas ?... Mais d'où provient ce trouble ?

CLÉOPHAS

Malgré moi le sang parle et mon amour redouble.

HORKHEM, *s'approchant*

Remettez-vous, Seigneur, de votre émotion,
Si je puis quelque chose en cette occasion,
Parlez ! un mot suffit, un mot de votre bouche.

CLÉOPHAS, *se relevant*

Oui, je vous sais sensible à tout ce qui me touche ;
Mais le temps presse, Horkhem. Dites aux serviteurs
D'emplir de pur froment les sacs des voyageurs.
Ordonnez que l'on fasse à tous bonne mesure.
Dans tous les sacs placez auprès de l'ouverture,
L'argent que, par deux fois, ils ont tous apporté
Liez solidement : telle est ma volonté.
Que la coupe d'argent que le roi m'a donnée,
Dans le sac du plus jeune, avec soin enfermée,
Soit un nouveau motif pour les prendre en défaut
Et qu'ils soient condamnés. Entendez ; il le faut !
(*Horkhem et les serviteurs sortent*).

SCÈNE IX

CLÉOPHAS

Moi, leur frère, pourquoi leur causer tant de peine,
Et cacher mon amour en montrant de la haine ?

Cependant, il me faut voir de quelle façon
Ils subiront l'épreuve, il faut une leçon.
Après vingt ans d'exil, de cruelle souffrance,
Je ne puis les revoir avec indifférence.
Mais eux, ont-ils de moi gardé bon souvenir ?
De leur faute lointaine ont-ils le repentir ?
Je le crois volontiers, mais, par leur attitude,
De leurs vrais sentiments j'aurai la certitude.
    (Il sort).

SCÈNE X

HORKHEM, LES ONZE

RUBEN

Honneur à Cléophas ! Que Dieu garde à jamais
L'intendant dont la main nous comble de bienfaits !
Le ciel daigne accorder prospérité, richesse
Au pays qu'il gouverne avec tant de sagesse.
Et nous, frères, partons, car Jacob, chaque jour,
Du haut de la montagne attend notre retour.

Ils chantent :

De Chanaan, notre patrie,
  Amis, reprenons le chemin.
Le vieillard, dont l'âme est meurtrie,
  Attend sa famille chérie,
    Là-bas, loin de son Benjamin   *(bis).*

(Ils se retirent en saluant Horkhem).

SCÈNE XI

HORKHEM

Les voilà donc partis ! Ah ! combien est sincère
Leur joie en ce moment ! Déception amère,
S'il leur faut s'arrêter et rebrousser chemin
Pour voir examiner le sac de Benjamin !
Que ne puis-je moi-même accélerer leur fuite !
Car d'un tel examen quelle serait la suite ?
Tout les accuserait, bien qu'ils soient innocents.
Que peuvent les petits, hélas ! contre les grands ?
Mais se peut-il que Dieu, si bon, les abandonne,
Que Cléophas, si juste, en sa colère ordonne...

SCÈNE XII

LE MÊME, CLÉOPHAS *entrant brusquement*

CLÉOPHAS, *avec une feinte colère*

Partis, les étrangers ! Et ma coupe d'agrent,
Disparue !... Après eux dépêchez à l'instant
Mes meilleurs serviteurs. Courez à perdre haleine,
Car, vous en répondez, il faut qu'on les ramène !

SCÈNE XIII

CLÉOPHAS

A ne plus les revoir je ne puis consentir,
Et je leur tends un piège en les laissant partir !

La crainte et le désir se partagent mon âme :
Quand je ne les vois plus, mon amour les réclame,
Et, pour les ramener, j'use de cruauté !...
Quel étrange grief ai-je donc inventé,
Moi qui, du fond du cœur, assurément les aime
Plus que tout l'or du monde et bien plus que moi-même.
Ce fraternel amour me porte à révéler
Un mystère qu'il faut pour un instant voiler.
Comment dissimuler et comment me contraindre,
Quand je voudrais si bien dans mes bras les étreindre !

SCÈNE XIV

CLÉOPHAS, HORKHEM, LES ONZE

HORKHEM

Quel vol audacieux ! Quelle mauvaise foi !
Hommes de Chanaan, nous direz-vous pourquoi
Cléophas est par vous payé d'ingratitude ?
Est-ce donc là le prix de sa sollicitude ?
Quoi ! vous êtes comblés de biens par l'intendant,
Et vous vous emparez de sa coupe d'argent !

RUBEN

D'une telle action qui donc serait capable ?
Si l'un de nous, Seigneur, de ce vol est coupable,
Quel que soit le voleur, punissez-le de mort.
Tous, nous l'abandonnons à son malheureux sort,
Et les autres seront réduits en esclavage.

HORKHEM

Il n'en faudra pas moins pour prix d'un tel outrage !
Allez ouvrir vos sacs !

SCÈNE XV

CLÉOPHAS

Oh ! le terrible coup !
Pourrai-je soutenir ce rôle jusqu'au bout ?
Est-il permis d'user d'un pareil artifice ?
Pour leur correction commetre une injustice,
C'est contre moi sévir, et contre eux, mais bien moins.
De leur prétendu vol ils seront les témoins,
Sans doute, mais, au fond, la chose est vraisemblable,
Sans entendre la voix d'un remords véritable...
Par ce reproche injuste ils seront soulagés
Du crime trop réel dont ils se sont chargés.
Cette expiation me paraît légitime,
Légère et douce, et doit m'assurer leur estime.

SCÈNE XVI

CLÉOPHAS, HORKHEM, LES ONZE

HORKHEM, *montrant la coupe*

Voici, voici la coupe ! Or, le vil malfaiteur
Est le plus jeune fils. C'est celui-là, Seigneur !

BENJAMIN, *levant les bras au ciel*

Non, je suis innocent ! Je ne puis rien comprendre
A cette étrange erreur. O ciel, daignez m'entendre !

RUBEN, *avec force*

Quoi ! les fils de Jacob coupables d'un larcin !
Cent fois plutôt mourir de misère et de faim !
Leur honneur est intact, malgré toute apparence,
Tout parle contre nous, nous sommes sans défense,
Mais nous ne sommes point les auteurs de ce fait.
  (*Baissant la voix*).
Il est vrai que le ciel, pour un autre forfait,
Semble nous condamner à vivre en esclavage.
Nous vous appartenons, ô prince juste et sage.
Vous pouvez disposer de nous tous, de l'enfant
Dont le sac recélait votre coupe d'argent.

CLÉOPHAS

Non ! Vous autres, partez. Je veux être équitable,
Et punir seulement l'unique et vrai coupable.
Ma justice saura disposer de son sort.

JUDA

Nous, repartir sans lui ! Non ! Non ! la mort ! la mort !

CLÉOPHAS

En agir de la sorte avec moi ! Quelle honte !

JUDA

En faveur d'un vieillard permettez que j'affronte,
O prince, vos regards justement courroucés.
De notre père, hélas ! les jours sont menacés,

Si nous ne lui rendons l'objet de sa tendresse,
Benjamin, cet enfant, bâton de sa vieillesse.
Vous êtes tout-puissant, puisque de Pharaon
Vous gouvernez l'empire, et votre illustre nom
Est parvenu, Seigneur, aux confins de la terre.
Vous avez demandé quel était notre père,
De quelqu'un de ses fils s'il était assisté,
Et nous vous avons dit toute la vérité.
Vous avez ajouté qu'en un prochain voyage.
Nous ne reverrions pas, Seigneur, votre visage
Sans ramener l'enfant. Dure condition !
Je ne dépeindrai pas la séparation,
L'angoisse de Jacob, sa profonde tristesse
Et son abattement. Il nous disait sans cesse :
« Rachel m'avait donné deux fils dont l'un n'est plus.
Le second, héritier de ses belles vertus,
Redouble son amour pour guérir ma blessure.
Son départ de mes maux comblera la mesure. »
L'héroïque vieillard, d'une tremblante main,
Une dernière fois, bénit son Benjamin.
Mais, pour le rassurer, j'ai juré sur ma vie
De le lui ramener, c'est mon unique envie.
Pourrais-je n'être pas fidèle à mon serment ?
Non, sans doute. Il faut donc que cet aimable enfant
Retourne en Chanaan consoler notre père.
Moi, restant près de vous, esclave volontaire,
Je ne me plaindrai point ; mon sort sera bien doux.

CLÉOPHAS

Grand Dieu, je n'y tiens plus ! Horkhem, retirez-vous !

SCÈNE XVII

CLÉOPHAS, LES ONZE FILS DE JACOB

Frères, je suis Joseph !!! Jacob vit-il encore?

LES FRÈRES, *stupéfaits, se disent tout bas*
les uns aux autres :

Joseph !... Joseph !... Joseph !..

JUDA

Dieu, que le ciel adore !

CLÉOPHAS

Oui, je suis ce Joseph que vous avez vendu !
Sur mon cœur venez tous. Joseph vous est rendu !

TOUS, *sauf Benjamin, tombant à genoux*

Pardon ! frère, pardon !!

JOSEPH

Oui, Joseph vous pardonne.
A la joie, en ce jour, que chacun s'abandonne.

SIMÉON

Vos songes l'avaient dit : vous êtes notre roi !

JOSEPH

Frères, n'en parlons plus. Venez, embrassez-moi !

*(Il les presse tous sur son cœur et retient Benjamin
auprès de lui).*

C'est pour notre bonheur, celui de notre père,
Que le ciel m'a voulu sur la terre étrangère,
Où, maître de l'Egypte, ami de Pharaon,
Surnommé Cléophas, je gouverne en second.
Pour vous, je suis Joseph, je suis toujours le même,
Si ce n'est que mon cœur davantage vous aime,
Et que, de tous vos maux, plus que vous j'ai souffert.
Maintenant que la terre est changée en désert,
Il faut compter encor sur cinq ans de famine :
Ainsi l'a décrété la Sagesse divine ;
Ni labours, ni rosée au retour des saisons ;
Nuls les fruits de la terre et nulles les moissons.
Mais, parmi tant de maux, l'aimable Providence
Par mes soins vous réserve une grande abondance.
Allez tirer Jacob de son anxiété :
Dieu lui-même s'emploie à sa félicité.
S'il savait que je vis, quelle pure allégresse
Inonderait son cœur ! Oubliant sa vieillesse,
Vite, pour me revoir, il abandonnerait
La maison paternelle et Sichem sans regret,
Car il lui semblerait recommencer sa vie,
Et je lui tiendrais lieu de maison, de patrie !
Que l'aïeul, et les fils, et les petits-enfants,
Amènent leurs troupeaux, abandonnent leurs champs,
Et je leur donnerai, séjour calme et tranquille,
La terre de Gessen, en herbages fertile.
Enfin là nous pourrons, réunis pour toujours,
Refaire une famille et couler d'heureux jours.

Je veux que Pharaon confirme ma promesse,
Qu'avant votre départ, le grand roi vous connaisse.

SCÈNE XVIII

LES ONZE FILS DE JACOB

RUBEN

Quel changement subit ! Quel nouvel horizon !

JUDA

Il était temps ! J'allais en perdre la raison,
Car mon angoisse était arrivée à son comble.
Je ne respirais plus !... Voilà que Dieu nous comble
D'un bonheur sans égal à bon compte acheté.

SIMÉON

Assurément pour nous Joseph l'a mérité.

LÉVI

Le ciel rend à Jacob le fils le plus aimable,
A nous un frère, à tous un sort inestimable,

GAD

Ciel ! que d'émotions et que d'événements !
Mais Jacob pourra-t-il en croire ses enfants ?

ASER

Oui, son cœur lui dira, sans autre conjecture,
Que ces faits merveilleux sont la vérité pure :

Car parfois, pour montrer envers nous sa bonté,
Dieu fait de l'impossible une réalité.

RUBEN

Il faudra réparer notre trop long silence,
Et demander pardon d'une si grave offense,
Envers Joseph, Jacob, et surtout envers Dieu ;
Soulager notre cœur en en faisant l'aveu ;
Confesser à Jacob notre perfide envie,
Lui parler du chevreau, des marchands d'Arabie,
Dire comment Joseph, faiblement défendu,
Fut mis dans la citerne, arraché, puis vendu.
Par un secret dessein, maître de la nature,
Dieu préparait la voie à sa grandeur future.

SCÈNE XIX

Les Mêmes, Pharaon *et sa cour en grande pompe,*
Joseph

*(Les Onze se prosternent devant Pharaon et se re-
lèvent).*

PHARAON

Hommes de Chanaan, le Dieu que vous servez
Vous a, de divers maux, jusque-là, préservés.
C'est sa puissante main qui conduit votre histoire,
Tant pour votre intérêt que pour sa propre gloire.
Mes chevaux et mes chars sont à vous désormais.
Fixez-vous en Egypte ensemble et pour jamais.
Que la famille entière, avec le patriarche,

Avec tous les troupeaux aille se mettre en marche.
J'accorde, pour y vivre en toute liberté, .
La terre de Gessen à votre parenté.

CHŒUR

Musique du premier acte

Gloire au Dieu d'Israël, et que toute la terre
    Retentisse de son saint nom !
Amour à Cléophas, amour à notre frère,
    Honneur et gloire à Pharaon !

ACTE V

Genèse, chap. XLVI, XLVII, XLVIII, XLVIX. Joseph
a 39 ans. Jacob a 130 ans. Une grande salle du
palais de Pharaon, somptueusement décorée.

SCÈNE PREMIÈRE

JACOB, SES ONZE FILS, SES PETITS-ENFANTS

JACOB, *avec admiration.*

Est-ce là de mon fils la royale demeure ?

JUDA

Oui, Père ! Et vous allez le revoir tout à l'heure.
Malgré son grand pouvoir, sa haute dignité,
Il conserve toujours son ancienne bonté.
Le ministre, le roi, chacun l'estime et l'aime.
Il ne manque à son front que le seul diadème,
Car de l'Egypte il est l'intendant et le chef,
Le gardien du trésor !

JACOB

O bien-aimé Joseph !
Les peuples de ton nom garderont la mémoire,
Et sur mes cheveux blancs va rejaillir ta gloire.
Mais sans toi qu'est-ce donc que tous ces vains honneurs ?
Je voudrais t'embrasser, te couvrir de mes pleurs.

Rien, non rien, ne saurait remplir le vide immense
Qui s'est fait en mon cœur depuis ta longue absence.

RUBEN

De respect et d'amour vous êtes entouré,
Et vos nombreux enfants, ô Père vénéré,
N'ont qu'un but désormais : vivre sous votre empire.

JACOB

Ce désir est le mien, mais mon âme soupire
Après cet autre enfant que m'a gardé le ciel,
Mon bien-aimé Joseph, premier fils de Rachel.
Va, sans tarder, Juda, va prévenir ton frère
Qu'il vienne se jeter dans les bras de son père.

SCÈNE IV

Les Mêmes, *moins* Juda

SIMÉON

Pourrez-vous bien, du moins, reconnaître ses traits ?

JACOB

La vertu, mes enfants, a toujours ses attraits,
Un charme tout-puissant, une beauté divine,
Que les yeux ne voient point, mais que le cœur devine.

RUBEN

Joseph n'a point changé. Toujours affable et bon,
Pendant qu'à ses genoux nous demandions pardon,

Le visage inondé de pleurs, d'une voix haute,
Il nous a défendu de parler de la faute
Commise contre lui. « Venez, embrassez-moi;
Car je suis votre frère, et non pas votre roi,
Nous dit-il, et de Dieu la douce Providence
A tout conduit. A Lui notre reconnaissance,
Frères ! » Et des sanglots étouffèrent sa voix.

LÉVI

Et sur son cœur il nous pressait tous à la fois.

JACOB

Ta vertu, cher enfant, est bien récompensée.

RUBEN

O mon Père, Joseph n'a rien dans sa pensée
Que vous et tous les siens, que vivre au milieu d'eux,
Les aimer, les servir, les rendre tous heureux.
« Je reverrai Jacob ! Je vivrai sous son aile,
Dit-il, je le suivrai partout d'un cœur fidèle. »

JACOB

Et moi, de tous mes maux je ne me souviens plus.
Joseph vit ! Tous les biens par lui me sont rendus !

SCÈNE III

LES MÊMES, JOSEPH, JUDA

JOSEPH

O mon Père !

JACOB

O mon fils, objet de ma tendresse,
Joseph, viens sur mon cœur, viens, viens, que je te presse.
(Ils s'embrassent longuement. Moment de silence).

JUDA, *à demi-voix*

Frères, ne troublons point ce tendre épanchement.

JACOB

J'ai retrouvé Joseph ! Je puis mourir content.
Mais comment exprimer le bonheur qui m'enivre ?
Dieu, disposez de moi ! Dois-je mourir ou vivre ?

RUBEN

O Père bien-aimé, vivez pour vos enfants.
Sous ce beau ciel, vivez heureux, vivez longtemps.

JOSEPH

Et vous, frères chéris, vous, enfants de mes frères,
Puissiez-vous avec moi couler des jours prospères !
Tous aimés de Jacob, et sans distinction,
Nous comprendrons le prix de son affection.
Je vais trouver le roi, parler de vos familles,
Lui présenter l'aïeul, et ses fils, et ses filles,
Et mes propres enfants, Ephraïm, Manassé.
Je lui dirai : Grand roi, vous avez abaissé,
Sur moi, sur tous les miens, un regard de clémence.
Nous voici devant vous, pleins de reconnaissance.
Il vous demandera quels étaient vos travaux.

N'ayant d'autres soucis que le soin des troupeaux,
Répondez hardiment : O grand roi, nous ne sommes
Que de simples pasteurs, mais nous serons des hommes
A votre autorité profondément soumis.
Et, pour vous établir, acceptez le pays
Qu'il vous offre en Gessen, heureux de ce partage,
Car aux Egyptiens vous porteriez ombrage.
Ils furent de tout temps ennemis des pasteurs,
Et là, vous poursuivrez sans crainte vos labeurs.

SCÈNE IV

LES MÊMES, *moins* JOSEPH

JACOB *chante*

Du noir chagrin, j'ai bu la coupe amère,
Loin de mon fils mes yeux ont tant pleuré !
Longtemps pour moi son sort fut un mystère.
Dans un désert je le crus dévoré.
  Mais maintenant que sa puissance
  S'étend sur un pays immense,
  Que d'un grand peuple il est le chef,
  Le plaisir dans mon cœur abonde,
  Je ne veux plus vivre en ce monde,
  Je puis mourir, j'ai vu Joseph !

CHŒUR DES FRÈRES

A votre fils nos cœurs rongés d'envie
Firent subir, hélas ! un triste sort.
Pour se venger de notre perfidie,
Lui, le sauveur, nous arrache à la mort.

JACOB

J'ai retrouvé l'objet de ma tendresse,
Je l'ai pressé longuement sur mon cœur,
C'est trop pour moi, je mourrai d'allégresse,
O mes enfants, partagez mon bonheur.
Loin de la maison de son père,
Joseph, sur la terre étrangère,
Comme un esclave fut vendu.
Mais l'adorable Providence,
Après plus de vingt ans d'absence,
Dans sa bonté me l'a rendu.

Reprendre le Chœur des Frères.

SCÈNE V

LES MÊMES, PHARAON, JOSEPH, *la suite de Pharaon*

JOSEPH

Cléophas au grand roi présente son bon père.

JACOB

Jacob salue en lui le maître de la terre.
Je suis, ô Pharaon, votre humble serviteur,
Et ma famille en vous reconnaît son sauveur.

PHARAON

Vivez en paix, Jacob, qu'une heureuse vieillesse
Couronne vos vertus. Pharaon s'intéresse
A l'aïeul, à vous tous, hommes de Chanaan.

Il vous donne le droit d'établir votre camp.
Au pays de Gessen, en cette plaine immense
Où vous et vos troupeaux trouverez l'abondance.

JACOB

Soyez béni du ciel, illustre Pharaon.
Mes enfants et leurs fils rediront votre nom
A leurs petits-enfants. Vos bienfaits, votre gloire,
Sans s'affaiblir jamais, seront en leur mémoire.
Que le Dieu d'Israël, en vous rendant heureux,
D'un cœur reconnaissant daigne exaucer les vœux !

PHARAON

Où pourrais-je trouver, en ces temps difficiles,
Pour mes nombreux troupeaux des pasteurs plus habiles?
Cléophas, votre roi vous charge de ce soin.
Des vôtres choisissez ceux dont il est besoin.
L'Egypte, grâce à vous, voit croître ses richesses ;
Comptez, à votre tour, sur toutes mes largesses.

JOSEPH

Je connais vos désirs, il suffit, ô grand roi,
Reposez-vous de tout sur mon père et sur moi.

PHARAON

Vénérable vieillard, me diriez-vous votre âge ?

JACOB

Prince, les tristes jours de mon pèlerinage,
Plus mauvais que nombreux, égalent cent trente ans.
Mais ceux de mes aïeux durèrent plus longtemps.

7

PHARAON

Votre Dieu pourra bien prolonger votre vie.

JACOB

Il le peut. Toutefois ce n'est pas mon envie,
Puisque j'ai vu Joseph, mon premier Benjamin.

PHARAON

Ensemble jouissez de votre heureux destin.
Pour les soins du palais, Pharaon se retire.
*Pharaon et sa cour se retirent. Tous le saluent
profondément).*

SCÉNE VI

JACOB *et toute sa Famille*

JACOB, *d'un ton mystérieux, assis*

Mes fils, l'Esprit de Dieu me force, à vous prédire
Quel doit être le sort de vos petits enfants.
Abraham, mon aïeul, le père des croyants,
Quittant, pour plaire à Dieu, la maison paternelle,
Avait reçu de lui la promesse formelle
Qu'il le multiplierait en sa postérité.
Sara, nonagénaire en sa stérilité,
N'espérait plus d'enfant, lorsque, par un miracle,
Isaac vint au monde et confirma l'oracle.
Mais, au fils de Tharé, pour éprouver sa foi,
Dieu dit : Prends cet enfant, il n'appartient qu'à moi,

Et va me l'immoler sur la sainte montagne.
Abraham part alors et son fils l'accompagne,
Portant le bois. Bientôt se dresse le bûcher.
Isaac, s'arrêtant, des yeux semble chercher :
« Voici le bois, dit-il, où donc est la victime ? »
Et le vieillard, cachant sa douleur légitime :
« Sois sans crainte, mon fils, le ciel y pourvoira. »
Il allait immoler l'enfant, fils de Sara,
En qui seul résidait toute son espérance,
Lorsque Dieu, satisfait de son obéissance,
Par un ange arrêta son bras. Ainsi, mes fils,
Dieu se souvient toujours de ce qu'il a promis.

RUBEN

Pouvait-il exiger un pareil sacrifice ?

JUDA

Sans nuire à sa bonté, sans blesser sa justice ?

JACOB

Oui, mes enfants, Dieu seul, en maître souverain,
Commande à l'univers. Les hommes, sous sa main,
Doivent s'humilier le front dans la poussière.
Mais, s'il est notre maître, il est surtout un Père,
Océan infini d'amour et de bonté,
De qui découle seul toute paternité.
De mon frère Esaü j'acquis le droit d'aînesse.
Isaac, malgré lui, me passa la Promesse.
« Je sens monter vers moi, dit-il, ta bonne odeur,
Comme celle d'un champ béni par le Seigneur,

D'une vigne aux rayons du soleil exposée.
Pour toi que le froment, la céleste rosée,
Le vin, l'huile, le lait, abondent en tout lieu ;
Et qui te bénira, qu'il soit béni de Dieu ! »
Près du Puits du Serment, je me mis en prière,
Et Dieu, de l'avenir découvrant le mystère,
Me dit : Va vers l'Egypte, emmène tes enfants.
Là, je veux les bénir, eux et leurs descendants.
Je te ferai régner sur un peuple innombrable,
Le roi de ce pays te sera favorable,
Et Joseph, de sa main, te fermera les yeux.
Enfin, tout s'accomplit, le ciel comble mes vœux.

JOSEPH

Les vœux de vos enfants, ô vénérable Père !

JACOB

La plus heureuse vie est pleine de misère.

JOSEPH

Vous allez habiter la terre de Gessen :
Entouré de vos fils, dans ce nouvel Eden,
Où Dieu vous comblera de faveurs sans mesure...

JACOB

Mes yeux ne peuvent plus contempler la nature.
Mes pieds appesantis portent péniblement
Ce corps qui vers le sol se courbe lentement.
Je sens que ma main tremble et que mon sang se glace.
La mort, sans me surprendre, approche, me menace.

JOSEPH

A peine réunis, déjà parler d'adieux !

JACOB

Dans le sein d'Abraham je serai plus heureux.
Mais si, devant tes yeux, Jacob a trouvé grâce...

JOSEPH

O mon Père !

JACOB

     O mon fils, il faut que l'on me fasse
La promesse sincère, et même le serment,
Que l'on ramènera mes os en Chanaán.

JOSEPH *et ses Frères*

Nous le jurons !

JACOB

     Ce lieu sera votre partage.
Pour toujours vos enfants l'auront en héritage :
A mes pères, à moi, le Seigneur l'a promis.
Ephraïm, Manassé, qui sont tes jeunes fils,
O Joseph, dès ce jour, passent sous ma tutelle.

JOSEPH, *à ses fils*

Enfants, vivez heureux sous sa main paternelle.

JACOB, *avec solennité*

Manassé, d'un grand peuple, un jour sera l'appui,
Mais son frère Ephraïm sera plus grand que lui.
Le ciel ratifiera cette double promesse.

Puisque ainsi Dieu le veut, Joseph, point de tristesse.
Par mon glaive et mon arc j'ai récemment conquis
Sur les Amorrhéens un important pays.
Joseph, je te le donne, en dehors de tes frères.
Sur mes trois premiers-nés des jugements sévères
Sont dictés par le ciel. Apprenez l'avenir :
Rapprochez-vous de moi, car je me sens mourir,
Ruben, l'aîné de tous, reçois ta déchéance,
Car un délit honteux charge ta conscience :
Je te déclare exclu de mon hérédité.
Siméon et Lévi, vases d'iniquité,
Le droit de la vengeance était-il sans limites,
Que vous avez versé le sang des Sichimites ?
Je plains les mauvais cœurs, ennemis du pardon.

RUBEN

— Votre sentence est juste, ô Jacob !

SIMÉON

Siméon,
Doublement condamné, sous votre arrêt s'incline.

LÉVI

Et Lévi reconnaît la justice divine.

JACOB, inspiré

Juda, c'est grâce à toi que Joseph fut sauvé,...
Si le complot ourdi ne fut point achevé,
A toi seul le mérite, à toi la récompense,

Et, comme le bienfait, elle doit être immense.
Aussi, dans l'avenir, tes frères te loueront.
Devant toi confondus, tes ennemis fuiront.
Un jour, accomplissant les saintes Ecritures,
Le vrai Triomphateur, celui que tu figures,
Et de ta race issu, le Lion de Juda,
Le Messie, en un mot, d'une Vierge naîtra !
Guidés par une étoile, en leur lointain voyage,
Les rois de l'Orient viendront lui rendre hommage,
Déposant à ses pieds leurs cœurs et leurs présents.
Et Lui, le Roi des rois, le plus beau des enfants,
Les récompensera d'un aimable sourire...
Mais, que vois-je ! du sang !... Oh ! qui pourrait décrire
L'effroyable carnage ordonné par un roi !
Les cris de désespoir des mères, leur effroi !...
Dans Bethléem la main des assassins se lève,
Cherchant les nouveau-nés, pour les frapper du glaive.
Et les cris de Rachel se font entendre en vain.
Mais le vrai Roi s'enfuit vers ce pays lointain,
L'Egypte. Il s'offrira plus tard en sacrifice,
Acceptant de mourir du plus affreux supplice ;
Mais, pour être broyé, trop tendre est le froment ;
Le raisin n'est pas mûr pour le pressoir sanglant.
Un père nourricier, autre Joseph, son guide,
Trente ans le couvrira de sa fidèle égide,
De l'aimer, de lui plaire, uniquement jaloux.
Quelle gloire, ô mes fils, rejaillira sur nous,
Puisque ce roi naîtra de notre descendance !
Juda, le sceptre doit rester en ta puissance,
Tes enfants règneront jusqu'à ces temps bénis
Où le ciel enverra le Rédempteur promis.

JUDA

Ah ! je ne me sens plus de bonheur, d'allégresse !
De ma race naîtrait l'Enfant de la Promesse !

JACOB

Oui, mon fils, et ce Roi, des anges adoré,
A nos parents promis, des peuples désiré,
Et par droit de conquête et par droit de naissance,
Sur l'univers entier étendra sa puissance,
Par des bienfaits marquée en tout temps, en tout lieu.
Au Jourdain, au Thabor, proclamé Fils de Dieu,
En qui le Père a mis toutes ses complaisances,
Il prêche et sur ses pas vont des foules immenses,
Déposant le fardeau de leurs infirmités.
Tandis qu'il est en butte à leurs iniquités,
Ses miracles, sa loi, sa céleste doctrine,
Prouvent suffisamment sa divine origine.
Mais, parce qu'il voulut de toute éternité
De son Père ici-bas faire la volonté,
Il portera le poids de toutes nos misères.
Trahi par un baiser, puis *vendu par ses Frères*,
Pour le salut du monde en un agneau changé,
Ce Lion de Juda, de nos péchés chargé,
Pour nous jusqu'à la lie ayant bu le calice,
Acceptera la loi de son dur sacrifice.
Annulant le décret de sa condamnation,
Il en fera sortir la bénédiction.
Mourant comme un maudit sur un gibet infâme,
Dans les mains de son Père il remettra son âme.
Sa robe, tout en sang, sera jetée au sort.

Mais le troisième jour, triomphant de la mort,
Lui-même sortira du tombeau plein de gloire.
Les peuples sur l'enfer chanteront sa victoire.

RUBEN

Ô Juda, que ton sort est heureux ! Quel trésor
Enfermé dans ton sang, plus précieux que l'or
De la fertile Egypte, où pourtant il abonde !
Trésor venu du ciel pour enrichir le monde !

ZABULON

Une telle faveur suffit au monde entier,
Mais puisque Juda seul en paraît l'héritier,
Il est juste, ô Jacob, que votre main bénisse
Tous vos autres enfants.

JACOB

           Il faut que s'accomplisse
Ce que l'Esprit divin m'inspire. Or, Zabulon,
Héraut du Christ fera connaître son saint Nom.
Par sa vocation venue avant les autres,
Sa tribu fournira d'intrépides apôtres.
Issachar aux travaux des champs s'enrichira.
Courageux, pacifique et bon, il restera
Du Rédempteur du monde une fidèle image.
Dan, juge d'Israël, vengeur de l'esclavage,
Arrachera son peuple au joug des Philistins.
Gad soutiendra la guerre et ses cruels destins,
Mais il opposera le pardon à l'injure,
Et saura préférer la mort à la souillure.

Aser, pain abondant et vin tout à la fois,
Symbole du festin les délices des rois,
Adorable secret, saint et profond mystère,
Qui doit ressusciter les enfants de la terre !
Nephtali, cerf agile et type de beauté,
Dépose ta faiblesse et ta timidité ;
Et des chants inspirés rediront d'âge en âge
Ta magnanimité, ta force et ton courage.
Benjamin, sur les yeux, que couvrait un bandeau,
La lumière descend, le loup devient agneau.
A Damas adoucis ton humeur belliqueuse,
Cesse de promener ta main pernicieuse.

Joseph, de mes désirs objet le plus constant,
Je viens à toi : ton nom veut dire accroissement.
Ce nom, il m'en souvient, fut choisi par ta mère,
Aussi n'en est-il point de plus cher à ton père.
Infiniment plus beau, dans le tien enfermé,
Un nom que Dieu réserve à son Fils bien-aimé,
En sens mystérieux, comme Joseph, abonde,
Et, mieux que Cléophas, dit le Sauveur du monde.
Ta naissance, pour moi, fut un présent des cieux.
Que fallait-il après ce don si précieux ?
L'épreuve ! Elle me vint. J'étais trop fier peut-être,
Jaloux de ta beauté. Je n'étais plus le maître
Des sentiments d'amour qui naissaient en mon cœur,
Et je faisais la part trop petite au Seigneur.
En expiation je dus subir la perte
Du fils que j'aimais tant. Cette victime offerte,
Je déversai mon cœur sur ce dernier enfant,
Benjamin, que Rachel mit au monde en mourant.

SIMÉON

Joseph est retrouvé, bénissez notre frère,
Et bénissez en lui votre famille entière.

JACOB

Mais, que puis-je ajouter, Joseph, fils de Rachel,
Aux bénédictions que tu reçus du ciel ?

JOSEPH

Si le ciel m'a comblé des présents de la terre,
C'est pour récompenser les vertus de mon Père.

JACOB

Heureux enfant, je vois combien ton cœur est pur,
Admirable reflet de ce brillant azur !
Rien n'est plus précieux que la beauté de l'âme :
Pourtant, rien ne la peut mettre à l'abri du blâme.
Mais confiant en Dieu qui veille sur ses jours,
Le juste reste calme et triomphe toujours.
Sois béni de Jacob, sois béni de tes frères ;
Que le Dieu d'Israël exauce nos prières ;
Qu'il accorde à la terre, en souvenir de toi,
De croire en son Messie, en son souverain Roi ;
Et que la voix des saints patriarches, prophètes,
A travers l'Orient préparant ses conquêtes,
Avant qu'il ne s'incarne en notre *humanité*,
Nous révèle sa gloire et sa *Divinité*.

(En extase)
Je vois le Désiré ! Collines éternelles,
Inclinez-vous ! Il prend des formes corporelles.

C'est notre Frère ! Il vient habiter parmi nous !
Peuples, adorez-le ! Tombez à ses genoux !

JACOB *chante*

Enfants, l'Esprit de Dieu retire sa lumière,
    Et je sens mon corps défaillir.
Voici l'heure où Joseph va fermer ma paupière,
    Oui, mes enfants, je vais mourir *(bis)*.

LE CHŒUR

Quoi ! déjà nous quitter, ô bon et tendre Père !
    Pourrions-nous vous laisser partir ?
Pour nous, loin de Jacob, tous les biens de la terre
    Seraient sans charme et sans plaisir *(bis)*.

JACOB

Je puis mourir, j'ai vu, dans une sainte ivresse,
    Source de bénédictions,
J'ai vu l'Emmanuel, l'Enfant de la Promesse,
    Le Désiré des Nations ! *(bis)*.

LE CHŒUR

Frères, saluons tous, dans une sainte ivresse,
    Source de bénédictions,
L'héritier de Juda, l'Enfant de la Promesse,
    Le Désiré des Nations *(bis)*.

Javarzay-Chef-Boutonne (2-Sèvres). — Impr. MOREAU

A mon digne ami Camille RENARD

V. AUZET,
Curé de Collobrières
(Var).

Ouverture — Chœur

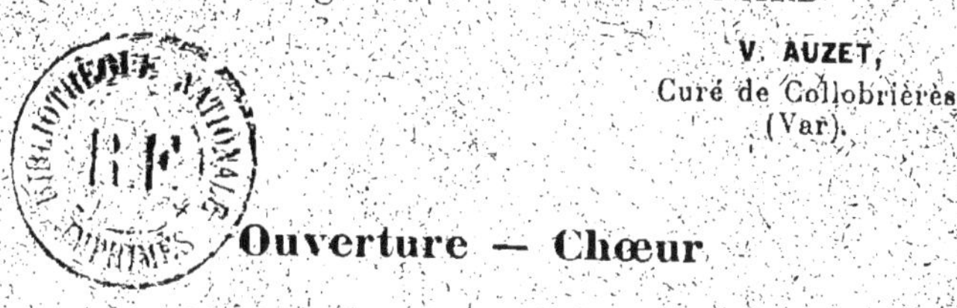

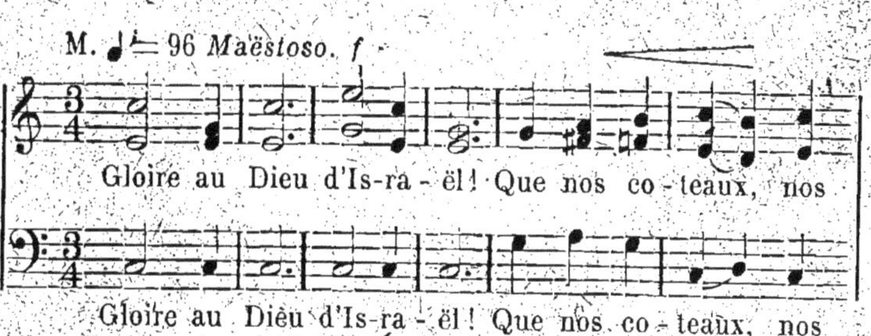

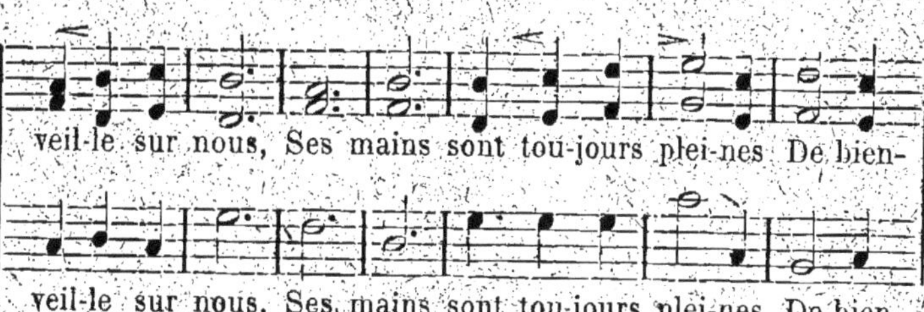

f
faits pour cha-que sai-son. Gloire au Dieu d'Is - ra-
faits pour cha-que sai-son. Gloire, Gloire au Dieu d'Is - ra-
p   ff
ël! Son cœur veil - le sur nous. Gloire au
ël! Son cœur, son cœur veil - le sur nous. Gloire au
Dieu d'Is-ra - ël! Gloire au Dieu d'Is-ra - ël!
Dieu d'Is-ra - ël! Gloire au Dieu d'Is-ra - ël!
M ♩ = 54.
SOLO. Frè-res, quel-le dou-ce jour-né - e Dieu fait
le-ver pour nous, Pour nos ten-dres a-gneaux. Heu-reux de no -

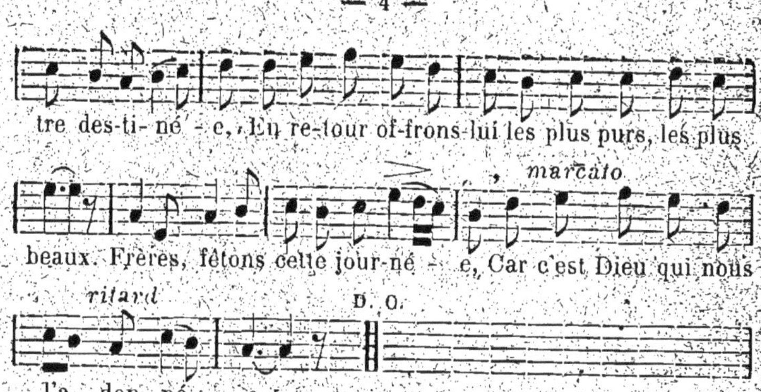

A la fin du 1er acte. — Chant de Ruben

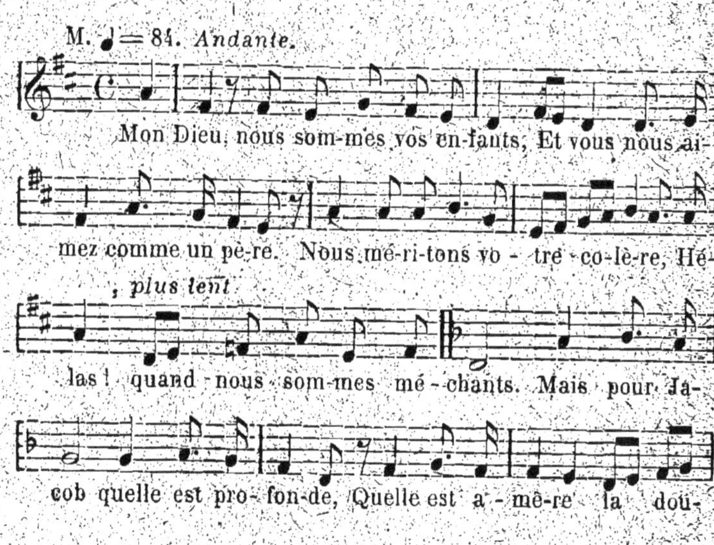

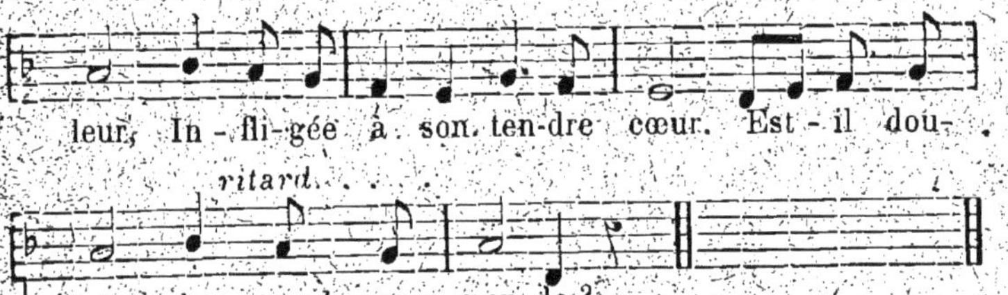

Acte IIe. — Chant de Joseph en prison

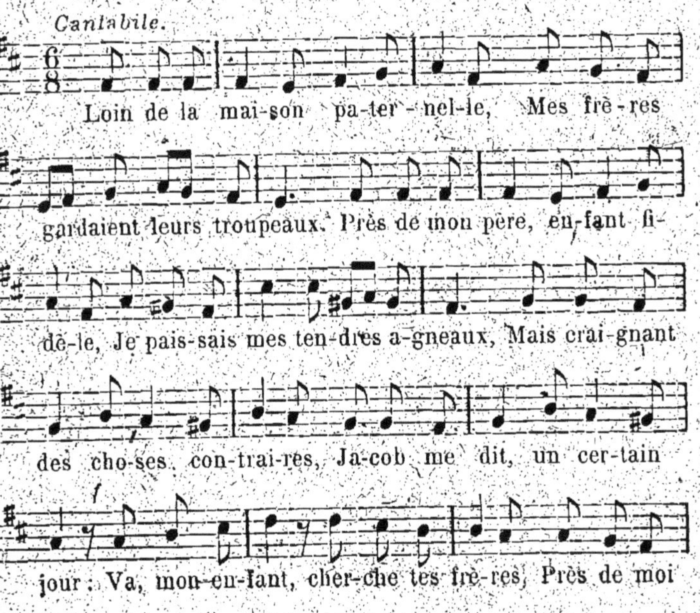

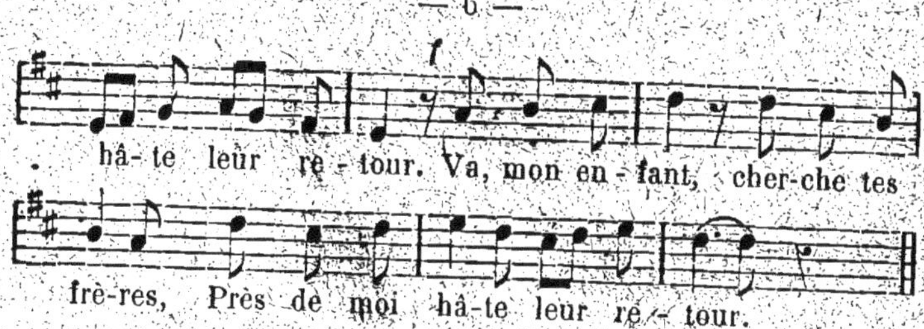

A la fin du IIIe acte et à la scène Xe du IVe.

Départ des frères pour Chanaam

A l'unisson. *Risoluto.* f

Acte IVe, Scène VIe

Chant de Cléophas

Acte V^e. Scène IVe — Chant de Jacob

Les frères chantent en chœur.

Largo
A vo-tre fils, nos cœurs, ron-gés d'en-vi - e,
A vo-tre fils, nos cœurs, ron-gés d'en-vi - e,
Firent su-bir, hé - las! un tris-te sort. Pour se ven-ger de
Firent su-bir, hé - las! un tris-te sort Pour se ven-ger de
no-tre per-fi-di - e, Lui, le Sau - veur, nous
no-tre per-fi-di - e, Lui, le Sau - veur, nous
ar-rache à la mort.
ar-rache à la mort.

Acte V^e. Dernière Scène. — **Chant de Jacob**

Chœur des Enfants de Jacob

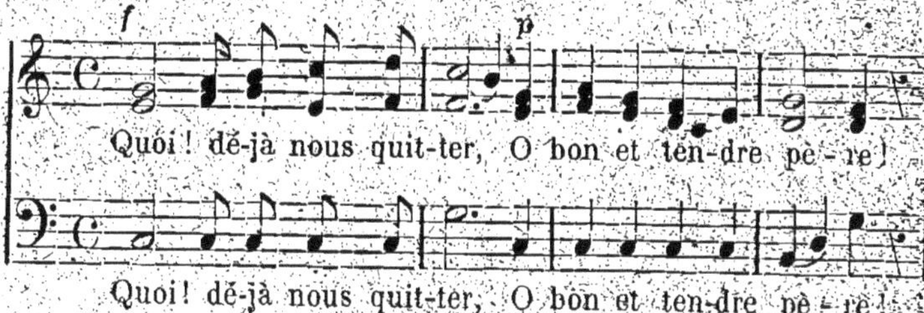

DEUXIÈME COUPLET

M. ♩ = 100. Allegretto f

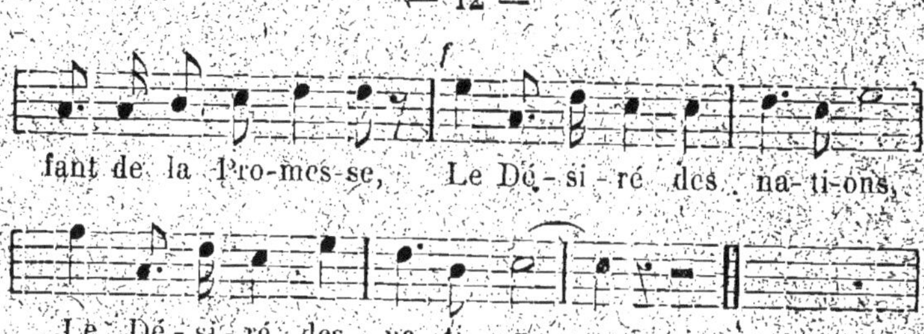
fant de la Pro-mes-se, Le Dé - si - ré des na-ti-ons,
Le Dé - si - ré des na - ti - ons,

Chœur final

Vigoroso. ff
dans
Frères, sa-lu-ons tous, Sa-lu-ons tous, dans u-ne folle i-
Frères, sa-lu-ons tous, Sa-lu-ons tous, dans u-ne folle i-

vrés - se, Source de bé-né-dic-ti-ons, L'hé-ritier de Ju-
vrés - se, Source de bé-né-dic-ti-ons, L'hé-ritier de Ju-

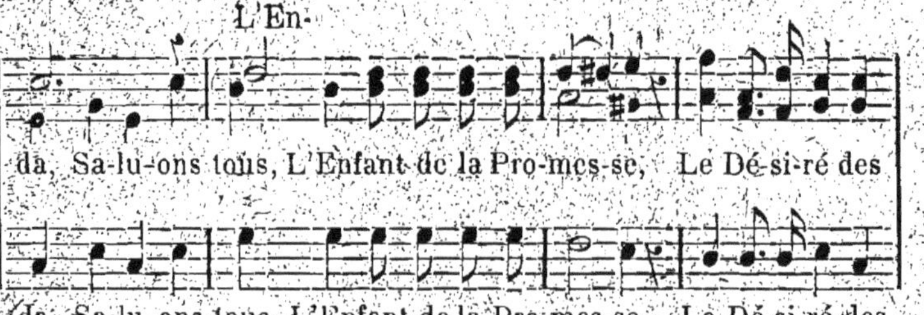

On peut reprendre ce chœur en accélérant le mouvement.

www.ingramcontent.com/pod-product-compliance
Ingram Content Group UK Ltd.
Pitfield, Milton Keynes, MK11 3LW, UK
UKHW020004100726
13658UKWH00002B/794